長編超伝奇《スーパー》小説
書下ろし
魔界都市ブルース

菊《きく》地《ち》秀《ひで》行《ゆき》

カニバル狂団《きょうだん》女帝《じょてい》

NON NOVEL

祥伝社

CONTENTS

カバー&本文イラスト／末弥 純
装幀／かとう みつひこ

二十世紀末九月十三日金曜日、午前三時ちょうど——。マグニチュード八・五を超《こ》す直下型の巨大地震が新宿区を襲った。死者の数、四万五〇〇〇。街は瓦礫《がれき》と化し、新宿は壊滅《かいめつ》。そして、区の外縁には幅二〇〇メートル、深さ五十数キロに達する奇怪な〈亀裂〉が生じた。新宿区以外には微震さえ感じさせなかったこの地震は、後に〈魔震《デビル・クエイク》〉と名付けられる。

以後、〈亀裂〉によって〈区外〉と隔絶《かくぜつ》された〈新宿〉は急速な復興を遂《と》げるが、その街を産み出したものが〈魔震〉ならば、産み落とされた〈新宿〉はかつての新宿であるはずがなかった。早稲田《わせだ》、西新宿、四谷《よつや》、その三カ所だけに設《もう》けられたゲートからしか出入りが許されぬ悪鬼妖物がひしめく魔境——人は、それを〈魔界都市"新宿"〉と呼ぶ。

そして、この街は、哀しみを背負って訪れる者たちと、彼らを捜《さが》し求める人々との物語を紡《つむ》ぎつづけていく。あらゆるものを切断する不可視の糸を手に、魔性《ましょう》の闇を行く美しき人捜し屋《マン・サーチャー》——秋《あき》せつらを語り手に。

第一章　どすこいバーの邂逅《かいこう》

1

〈魔界都市〉の名に賭《か》けて〈新宿〉には常軌《じょうき》を逸《いっ》した店舗が多いが、〈歌舞伎町《かぶきちょう》〉の「どすこいバー」は、その代表的なひとつといえるだろう。

読んで字の如《ごと》し、いわゆる百貫《ひゃっかん》でぶクラスのスタッフと客たちが集《つど》う熱苦しいバーである。

入るとスゴイ。

隙間《すきま》なんか無いのだ。

衣裳《いしょう》を身につけた肉と脂肪の海がたぷたぷと広がっている。そこを漂《ただよ》うのは、店のスタッフだ。云《い》うまでもないが、まともな人間はひとりもいない。どいつも特別あつらえのシャツとズボンをはき、かろうじて任務を果たしているボタンやジッパーもいつ破滅してもおかしくない断末魔の様相を呈している。

しかも、この海は熱帯のように熱い。どいつもこいつも汗まみれだ。外は春うららにも拘《かか》わらず、クーラーがごおごおと冷風を送って来るこれが理由だ。

その海の端に、救いのボートのように木のカウンターが置かれ、ちぎれた海の一部たちが腰を下ろしている。

「お待ち」

縁《ふち》まで入ったカクテル・グラスが置かれたのは、海の一部——というよりそのものといった感じの太った女の前であった。

「頼んでないわよ」

と女は訝《いぶか》しげ——いつものことだが——な表情をこれも迫力ではひけをとらないバーテンに向けた。

彼はにやにや笑いで迎え討《う》ち、

「サービスっす」

と言った。

「あらそー」

とても凄《すご》く恐ろしいほど太った女は、左手でグラスを摑《つか》むと、右隣の客の鼻をつまんだ。

客は二〇代の太った学生に見えた。

ふがふがと暴れる彼を引き寄せ、とても太った女は半開きになった唇の間にカクテルの中身を注ぎ込んでから解放した。

「な、何するんですか？」

穏《おだ》やかな学生の顔立ちが、さすがに怒りに歪《ゆが》んでいる。

物凄く太った女は、にんまりと唇を歪めて、

「五、四、三」

と数え始め、

「ゼロ」

と唱《とな》えてから、若者を見つめて、

「大丈夫そうね。胃の具合とか、大丈夫？」

若者は穏やかな顔つきに戻って、

「とてもおいしいカクテルでした」

と笑った。


「そうっすよ、外谷《とや》さん」

と負けずに太ったバーテンは、ゆっさゆっさと腹を波打たせて笑った。

「何も入れちゃあいませんよ」

「ふむふむ」

とてつもなく太った女はうなずき、

「この間、別の店で一服盛られかけたのだ。その前に出かけたとき、ペット鰐《わに》をけしかけてきた奴《やつ》をのしたら、その店の店主の弟だったらしい」

「それは凄い。うちのは日頃のお礼の一杯です」

「何もしてないぞ」

「いえ、外谷さんが来てくださると、おかしな連中が寄りつかないし、先に入っても逃げ出しちまうもんですからね」

「あら、そーなの」

すぐに納得したらしい。

若者に向かって、

「ホントにおかしなところはないのね？」

「はあ」

「ホントにホントね？」

「はあ」

「なら、同じものもう一杯——サービスよね」

とバーテンに言った。念を押す——どころか恫喝《どうかつ》だ。

「わかりました」

若いのを眺《なが》めていたバーテンは、小首をかしげてから、匠《たくみ》の手腕で同じカクテルをこしらえ、外谷の前に置いた。

「ぐいーっと空《あ》けて下さい、ぐいーっと」

「わかってる、うるさいのだ、でぶバーテン」

悪態とともに一気に空けると、外谷さんはこっちを見ている若者へ、

「文句でもあるのか？」

と凄んだ。

「いえ、何も」

彼はバーテンの書いた料金メモを手に、キャッシャーへと向かった。彼そっくりの客で出来た海だから、一歩進むたびに、ぼでんぼでんとぶつかる。

「あ、またぼでん——あら、喧嘩《けんか》になるぞ——」

愉《たの》しげにそっちを見ていた外谷さんの肩に、通りかかったリーマン風の背広姿が、若いのに負けてなるかという具合にぶつかった。

じろ、と外谷さんを見て、挨拶《あいさつ》もなく通り過ぎようとしたその襟首《えりくび》をとても太い手と太い指が摑んで床の上へ放り出した。

「あんた——何するんだ⁉」

「人にぶつかって、挨拶もなしで行く気なのか？」

ストゥールにかけたまま、外谷さんは闘《や》る気満々である。ピンクのスーツが今にも弾《はじ》けそうに膨張《ぼうちょう》を遂《と》げている。

リーマンは、眼をそらすと立ち上がり、けっと吐き捨てて歩き出そうとした。その後を追って、

「この野郎」

腰のあたりを蹴《け》とばしただけで、リーマンはカウ

ンターと客席の間の通路を五メートルも、そっくり返ったまま吹っとんで、床の上にぶっ倒れた。女の悲鳴と男たちの驚きの声が噴《ふ》き上がり、近くのテーブルから、

「大丈夫か⁉」

「どうしたんだ⁉」

同僚らしい声が入り乱れた。

「あ、あの女」

犠牲者が苦しげに指さす先に外谷さんを認めて、若いのが怒りの形相《ぎょうそう》、握り拳《こぶし》で歩き出そうとするのを、五〇年配の上司と思《おぼ》しい男が止めた。

「よせ！」

「だけど、部長」

と荒ぶる声が、

「あれは外谷さんだ」

このひと言で、若いのは沈黙した。いや、超太った女の存在にようやく気づいた周囲のざわめきも、即効性の毒でも飲まされたみたいに、ぴたりと停止したのである。

ストゥールから下りて、そっちを向いて、いつでも来い、と胸を張っていた外谷さんは、ふっふっふとわざとらしい含み笑いを洩《も》らして、

「腰抜けめ」

といちばん言ってはならない挑発を吐いたものだから、制止された若いのは、部長殿の手をふり切って、外谷さんへと突進してきた。それでも相手は女と斟酌《しんしゃく》したか、間一髪で足を止め、

「君――謝れ！」

とそれなりに筋を通そうとしたのが運の尽き、

「うるさい」

応じた声と同時に、右フックが炸裂《さくれつ》、ヘビー級並みの女からのヘビー級を凌《しの》ぐパンチで脳震盪《のうしんとう》を起こした正義のリーマンは、ほとんど垂直に崩れ落ちてしまった。

あまりに呆気《あっけ》なく、あまりに凄《すさ》まじい一瞬の攻防に凍りついた客とホステスを尻目に、外谷さんは、

「〈西口〉の『山々証券《さんざん》』営業部係長・神山豊助《かみやまほうすけ》と部長の勝田正太《かつたしょうた》だな。神山の女房・三沙子《みさこ》はマンションの隣人・楠田武明《くすだたけあき》と不倫しているぞ」

こう言い放つと、シャネルを装《よそお》ったバッタもんのウエストポーチから万札を取り出し、カウンターへばんと叩《たた》きつけた。

「お釣《つり》はいらないぞ」

と悠々《ゆうゆう》と身を翻《ひるがえ》す太った壁みたいな背中へ、

「あ。お勘定《かんじょう》はキャッシャーで願います」

とバーテンは声をかけた。

「それから、シーバスを一〇杯飲《や》られておりますので、これでは足りませんのですが」

「むむ」

と外谷さんは唸《うな》ったのか、呻《うめ》いたのか、素早く戻って万札をバッグへ取り返し、照れ隠しのつもりか、「美しき天然」を口ずさみながら、太った波の中に消えた。

見送っていたバーテンへ、KOされたリーマン――神山の上司・勝田が近づき、

「あれが〈ぶうぶうパラダイス〉の外谷さんか？」

と訊《き》いた。そう言って止めたのに、現物を前にすると、自信がなくなるらしい。

「左様《さよう》で」

「いやあ、うちのは運が良かった。ワンパンKOで済んだからね」

「だといいですが、今夜から奥さんと地獄の日々ですよ」

「幸い、彼の耳には届いていない。黙《だま》っていよう」

「それがいい」

バーテンはうなずいた。

とりあえず、汗まみれのバーに平和が戻ってきたのであった。

外へ出ると、〈歌舞伎町〉の夜が外谷さんを迎えた。

九：〇九ＰＭ。お愉しみはこれからの時刻だ。

通りに出てから、バーのネオンをふり返って、

「不愉快な名前なのだ」

と言った。

その右横に一台のバイクが停止した。

「ん？」

と外谷さんが眼を丸くしたのは、そこまで走って来た気配もエンジン音もゼロだった上に、誰も乗っていなかったからだ。

「何だ、これ？」

と疑惑の声を上げたとき、バイクはドドドとエンジンを鳴らした。

しかし、無人だ。リモートか。〈新宿〉では珍しくないが、そっと寄って来るとは。

「要注意」

と言って、外谷さんは歩き出した。

リーマンやＯＬや学生やピエロや宣伝用ロボットや幽体の間を、でんでん進んで行くと、

「あら？」

また隣にいる。

「新しいタカリか。帰れ。ガソリン代なんか知らないぞ」

言い放ってまた歩き出す。幸いというか当然というか、客引きも寄って来ない。

遠くで、

「なんだ、あの女？　でぶにも限度があるって知らねえのか」

ギャハハと聞こえた。

外谷さんはスーツのポケットから、パチンコの玉を取り出し、

「えい」

とそっちへ放った。ぎゃっと悲鳴が上がり、それきり嘲笑《ちょうしょう》は途絶《とだ》えた。莫迦《ばか》、外谷さんだぞという声が入り乱れた。

「ざまを見ろ」

スピードとコントロール以外にも驚くべきことに、歩みは止めていない。

「あれ？」

それが止まっていた。

通りを縦に横切る何本かの枝道の一本に、外谷さんは立っていた。通行人はいたが、たちまち見えなくなった。来るつもりもなかった道である。

周囲を見廻《みまわ》してから、外谷さんはくんくんと鼻を鳴らした。

「この香ばしい匂いは――」

間を置いて、

「――人間だな」

と見抜いたらしいが、驚きの風はない。その辺の店が死体を買って焼くわ炒《いた》めるわ――はいどうぞと提供するなど〈新宿〉では常識だ。外谷さんが眉を寄せているのは、そんな匂いにつられてここへ来たとしか思えないからだ。

黒い上下を着た男たちが、四方を囲んでいた。これもいつ現われたのかわからない。

「何者だ？　あたしを外谷さんと知ってのことか？」

誰何《すいか》が時代がかっているのは、癖《くせ》だろう。

「名を名乗れ、ぶう」

時々出るらしい。

返事もなく、男たちは右手をひと振りした。何処《どこ》に秘めていたものか、五〇センチもありそうなナイフ――というより巨大な肉切り包丁が風を切った。

「おまえは我々の香料の匂いに引かれてやって来た。次はおまえの肉につけてやる」

「人食い集団か」

外谷さんはうなずいて、前方のチヂレ毛を睨《にら》みつけた。

「実働部隊にアフリカ系がいるのは――〈人食い教団のポーキー君〉だな。〈新宿〉へ来たのは二日前だ」

「これは驚いた」

黒人の声は素直な動揺に彩《いろど》られていた。

「〈魔界都市〉が尋常な土地ではないと聞いていた

が、まさかそこまで――」

「ふふふ、あたしを只《ただ》のでぶだと侮《あなど》ると、痛い目を見るぞ、通称ジャック。本名はポール・ウェンドー。出身地はアメリカ。ミシガン州トマク。フルイート中学卒」

黒人は声も出なかった。驚愕《きょうがく》に見開かれた瞳の中で、ものすごく太った女が、ぬはははは と笑っていた。

「怖《おそ》れいったか」

だが、通称ジャックは気を取り直した。

「ここで血抜きまでしてやるぜ」

包丁が月光を撥《は》ね返した。それは四本あった。

外谷さん、どう躱《かわ》す。路地はその血を吸うか。

上空から何かが落ちて来た。

左方の奴がその下敷きになってつぶれた途端に、エグゾースト・パイプが咆哮《ほうこう》した。

おそらく近くのビル――というより建物の低めの屋上から落ちて来たバイクに、外谷さんが大あわてでまたがるや、バイクはアクセル・タップも待たず、猛スピードで元の通りへと走り出した。

2

バイクが停《と》まると、外谷さんは、

「〈新大久保公園《しんおおくぼ》〉だな」

と納得した。〈新大久保〉は通称で、正式名は〈西大久保公園〉である。

「ふむふむ」

と勝手に納得を続けていると、

「下りてくれえ」

素早く周囲を見廻してから、バイクを見下ろして、

「おまえか？」

とバイクに訊いた。

「そうだよ、とっとと下りろ、百貫《ひゃっかん》デブ」

「おまえは昭和のバイクか？」

「なんでもいーから下りろ。重くて仕様がねえ」

よっこらしょ、と下車するや、バイクはみるみる長身の若者に変わった。黒革のツナギが似合っている。メットを取ってゴーグルを外すや、

「むむイケメン」

と外谷さんは呻《うめ》いた。

顔にかかった茶髪をひと櫛《くし》――右の指先でたくし上げ、あとは月光に任せたという風情《ふぜい》で、

「どーも。シャーンだ」

と白い歯を見せた。

じっとそれを眺めて、

「外谷さんだ」

「〈新宿〉一の情報屋さんだってね。僕のことがわかるかい？」

「全然。と云《い》うことは、〈区外〉の変身生命体だな」

「わあ、びっくり」

と美青年は感心して見せた。大仰《おおぎょう》ではないが本当に驚いていた。

「どうしてわかった？」

「内緒だ。他のにも化けられるのか？」

「いや、地上移動用メカはこれひとつだよ」

「ふむふむ。多少の応用は利《き》くようだな。エグゾーストの音がでかい。米軍のバイクはＡＴＶ――全地形対応車に取って代わられつつあるから、もっぱら偵察、伝達用に使われる。音がでかいのは、人食い集団をビビらせるためか」

「聴いたやつ全員をさ。それに音でキメなきゃバイクじゃねーよ」

「そうそう」

外谷さんは何度も大きくうなずいた。感情表現はオープンに、がモットーらしい。

「ところで、なぜあたしを助けた？」

「モサドとドンパチやってるときに、国防総省《ペンタゴン》のデータベースから、〈魔界都市〉の分を失敬したのさ。あんたのは特に詳《くわ》しくな。情報屋さん。まさか、初日に出くわすとは思わなかったぜ」

「おまえの都合で助けたのだな」

「そうじゃねえ例があるのか？」

「いいや、おまえは正しい。で、とりあえずの用件はなんだ？」

「今のところはな。だが、これは貸しだぜ」

「あたしは貸し借りはしないのだ。助けたのはおまえの勝手だ。バイバイ」

「おいおいおい」

とシャーンはあわてて、

「あいつら、本気であんたを狙《ねら》ってるぜ。その図体《ずうたい》で逃げ切れるのか？」

「むう？」

「冗談だよ。また会おう」

「待て」

と外谷さんは声をかけた。

「何だい？」

「なぜ〈新宿〉へ来た？」

「人捜《さが》し」

「ん？」

外谷さんの眼は細まった。シャーンのひとことは、〈新宿〉で誰よりも彼女に親しい名詞であった。

「横田基地《よこたベース》に、おれの彼女がいたんだが、〈新宿〉へ逃げちまった。それで追いかけて来たのさ」

「捨てられたのだな」

「違わい」

「当てはあるのか？」

「あるわきゃねえだろ。だが、この街は、おれ向きだ。仕事もヤサも山ほど揃《そろ》ってるぜ」

「しばらく泊めてやろう」

言ってから、外谷さんは自分の台詞《せりふ》に驚いたように眼を細めた。実際驚いたのである。いつもならここでバイバイが流儀であるからだ。

「そりゃ、宿探しの手間が省《はぶ》ける」

シャーンは明るい表情になった。

「よろしく頼んます」

Vサインをこしらえた。

「その代わり、あたしが危なくなったら助けるのだぞ。わかってるな——小遣《こづか》いならくれてやる」

「ヘイヘイ——幾《いく》ら？」

「その時々だわよ」

「出来高制かよ。ま、いーわ」

とシャーンはうなずき、

「あんたなぜ、食肉協会から狙われてるんだい？」

「〈人喰い教団ポーキー君〉だ」

と不愉快そうに訂正してから、

「謎だ。これから調べるのだ」

ここで黙ってりゃいいものを、にやにやと、

「単に旨《うま》そうだからじゃねーのか？」

ぶん！　と風ごと叩きつけられたラリアットを、間一髪スウェーで躱し——うわっ⁉　という悲鳴はそれから弾けた。

「ふざけたことをぬかすと、次は決めるぞ」

一分《いちぶ》の隙《すき》もないクラウチング・スタイルを見て、シャーンは眼を丸くした。

「おい、アメリカでもヘビー級でいけるぜ。いいジムを紹介——」

左フックを今度は前傾してやり過ごしたが、髪の毛が数本持っていかれた。

「やるねえ、オバさん」

と別の男の声がかかったのは、新たに向かい合ってからだ。

見るからに、組のチンピラと知れる若者たちであった。鋲《びょう》付きの革ジャンにブーツ。チェーンには高圧電流の青い流れが乱れた血管のように走っている。

さっきまでチラホラ点描できた人影は消えていた。かつて数々のイベントで家族の集合場だったこことも、夜ともなれば麻薬の売人や娼婦《しょうふ》、その稼《かせ》ぎを狙って集まるハイエナどもの天地なのだ。

大概《たいがい》はひるむが、外谷さんはたちまち戦いのポーズを彼らに向けて、

「闘《や》るか？」

とドスを利かせた。それだけで、チンピラたちの気配が侮蔑《ぶべつ》から戦慄《せんりつ》へと変わったのだから凄い。

だが、こちらも悪《ワル》の年季は相当なものらしく、軽い精神統一で血中のアドレナリンを増量させ、

「おお、闘ってやらあ」

とチェーンをひとふりしたものだ。

「待てよ」

シャーンが割って入った。

「そもそも何の用だ?」

とチンピラのリーダーに訊く。相手は外谷さんを睨みつけたまま、凄みを利かせた声で、

「おれたちゃ、〈上落合《かみおちあい》〉から今日はじめてこっちへやって来たんだ。〈落合〉あたりじゃブイブイ言わせてるんだぜ」

「わかったわかった。それで?」

「あちこちウロウロして、結局ここへ着いたんだが、便所の場所がわからなくなってよお」

「…………」

「――で、教えてもらおうと思ってよ」

「え?」

外谷が構えを解いた。憮然《ぶぜん》たる表情だ。

「そう言えば、一週間と少し前に、狂人にトイレが爆破されたのだわ。あっちのビニールの筒が、緊急用のトイレなのだ」

「ありがてえ!」

リーダーが額をひとつ叩いてシャーンに礼を言い、外谷さんには、またなと吐き捨てて、走り出した。

「耐えに耐えていたらしいね」

「真面目な少年たちだったのだな」

外谷さんはステップを踏み踏みシャドウを始めた。やはり重そうで、ドスドスと地面が鳴る。

〈新宿駅〉の方からバイクの一団がやって来た。

「ありゃ、また肉屋が来たぜ」

シャーンがメットを被《かぶ》った。ライダーは、〈歌舞伎町〉の路地の連中であった。

「逃げる?」

シャーンの問いに、外谷さんは太い首を横にふった。

「とりあえず、ここで決着《かた》をつけてやる」

「きっとまだいるぜ」

「ひとりずつ潰《つぶ》していくのが、相手に精神的ダメージを与えるコツなのだ」

「当たり」

この会話の間に、バイクはふたりの周囲を廻りはじめた。四台だ。恐怖心をあおるためか、中々やめようとしない。

「しつこい奴らめ――反撃するぞ」

と外谷さんは宣言した。バイク野郎の片方が、

「おお、来るがいい。その前に、バラバラにしてくれる」

「ふふふ。あたしをただのデブだと甘く見ているな。情報不足とは致命的なのだ」

太った石像のように不動な外谷さんに何を感じたか、全員が肉切り包丁を振りかざすや、

「かかれ!」

リーダーの号令一下、四つの影が宙に躍《おど》った。どれひとつが当たっても、骨まで砕《くだ》く刃《やいば》の一撃――

しかし、血煙《ちけむり》に包まれたのは四人の凶人たちであった。肉切り包丁は外谷さんではなく、彼ら自身の首すじに食い込んでいたのである。

外谷さんは何処《いずこ》に? 空中に。三メートルの跳躍は、〇・一秒もかけずに行なわれた。

地上に転がった仲間たちと転倒するバイクを尻目に、残るリーダーは包丁を投げた。それは外谷さんの手元で反転し、稲妻《いなずま》の閃《ひらめ》きで彼の頭頂から顎《あご》までを断《た》ち割った。

真紅の霧に包まれて落下したリーダーの前に、でん、と狂的に太った影が着地してのけた。

「ぐぐぐ」

と死へのカウントダウンを行なうリーダーへ、

「どうしてあたしを狙う?」

と訊いた。

「しゃ……べる……と思う……か？」

「いいや」

と外谷さんは自信満々でうなずいた。

「しかし、これがお前の不幸の元だ。いま拷問《ごうもん》にかけてやる。くたばるまで、たっぷりと苦しむがいい。ぬはは」

どっちが殺し屋かわからなくなるような邪悪な笑い声を上げて、外谷さんはリーダーに近づき、頭に食い込んだ凶器を摑むや、

「ほれほれほれ」

と上下にゆすりはじめた。悲鳴が噴き上げた。そもそも生きていられるはずのない重傷である。妖術でもかけているとしか思えない。それでも痛みは変わらず、それが更《さら》に重加算されていくのだから、死に勝る苦痛とはこれに違いない。

「ほれほーれ」

ついに血まみれの黒い顔が、限界を越えた叫びを放った。

「本当に……知らねえんだ……おれたちはただ、あんたをバラして……運んで来いと……」

「それを命じたのは誰だ？」

外谷さんはにんまり笑った。相手の苦痛を愉しみ抜いているような悪意に近い笑いであった。正義はどちらにあるのかもわからない。殺人者が狙ったのは殺人者だったのだ。

「ボスだでは済まないぞ。名前と表向きの職業と住所とメアドと電話番号と生年月日を言え」

「……就職試験……か」

リーダーは呻いた。少し呆《あき》れている。

「そんなもン分かるわけがねえだろ」

とシャーンが割って入った。見かねたらしい。リーダーの前で身を屈《かが》め、

「この傷でも〈新宿〉なら助かる。いい病院があるんでな。連れてって欲しけりゃ白状《ゲロ》しちまえ」

リーダーは沈黙した。このまま逝《い》くか、と思いき

や、

「〈大京町《だいきょうちょう》〉の……余里《あまり》……精肉……」

「よっしゃ、病院へ行くぞ」

シャーンのひと声を別のところへ逝く合図とでも聞いたものか、リーダーはがっくりと首を垂れた。

外谷さんは素早く瞳孔と脈を調べ、

「本当に死んでいるな」

とうなずき、周りに倒れている他の四人を踏んづけはじめた。

「———何をする、死人だぞ」

「それを確かめているのだ。この町では死人も朝食を摂《と》るのだ。ふむ、確かに死んでいる。証言は出来んな」

「らしいね」

シャーンは溜息混《ためいき》じりにうなずき、

「一応、手がかりは摑めた。腹ごしらえをして、明日押しかけようや」

頭上の月をふり仰《あお》ぎ、

「いいや」

と聞いて、愕然《がくぜん》と外谷さんをふり返った。

「敵もそう思っているに違いない。そこを突くのが、勝負とゆーものだ」

「ま、そーだけどね。〈大京町〉へ行ってみるかね？」

「無論だ、ぶう」

「お、出たな」

「何がだ？」

「何でも」

シャーンはひとつ伸びをしてから、何となく辛《つら》そうに、前傾姿勢を取った。

みるみるバイクに変わるその姿を見て、さしもの外谷さんも、

「器用な奴め」

と半ば感嘆の声を発した。一分後、超太った女を乗せたバイクは、〈新宿通り〉を東へと疾走《しっそう》中であった。

3

〈余里精肉店〉の看板を読み取る位置に立つ前に、外谷さんはウエストポーチからスプレーを取り出して、二人の頭から吹きつけた。

「〈カメレオン・スプレー〉だ。これであたしたち以外の眼には見えないのだ」

〈新宿〉名物のひとつ――別名〈透明シャンプー〉は、浴びた個体を周囲との距離やその形状にかかわらず、四方の色彩に同調させ、結果的に透明化を成し遂げる。黒ペンキの中に黒ペンキを垂らすのだ。

二人は忽然《こつぜん》と視界から消滅した。

　店に着く前に、

「よくあいつらに〈救命車〉を呼ぶ気になったな。もう死んでるんだし、放置してくかと思った」

「ふふふ、あたしは神さまのように善人なのだ」

　と言いながら、首を傾《かし》げたのは、無論、シャーンには見えっこない。この女には自分の行動が自分の理解を超えていることがあるらしい。

　正面にはシャッターが下りているため、二人は裏口に廻った。

　ドアには鍵《かぎ》がかかっていたが、外谷は左手のとても太い中指に嵌《は》まっているレーザー・リングで、ロック部を焼き切った。リングは三万度の超高熱ビームを発生する特注品である。

　入ると食堂《ダイニング》であった。

　外谷さんは耳孔《じこう》内の聴音器をONにした。

「家族は四人。声は下から聞こえるのだ」

　居間へ移った。電気ストーブが点《つ》いている。卓袱《ちゃぶ》台《だい》の上には湯呑《ゆの》みがふたつとコーヒーカップが三つ。飲み終えたそのかたわらに、蜜柑《みかん》と厚焼せんべいを入れた深皿が載《の》っている。点けっ放《ぱな》しのテレビ画面では、石川《いしかわ》さゆりが「津軽《つがる》海峡・冬景色」を絶唱中であった。

　家族がいれば、文句なしの団欒《だんらん》だ。

「ふむふむ」

外谷さんは卓袱台を足で横へずらし、真下の畳を露出させた。卓袱台の裏へ太い太い手を入れ、小さな押しボタンを探《さぐ》り当てた。

何処かにあるモーターが音をたてて、畳は西の方角に後退し、地下へと続く石段を覗《のぞ》かせた。

「斬新《ざんしん》な肉屋だな」

「よく見破ったね、ボタン」

とシャーンが唸った。

「ふふふ」

と外谷さんは笑い、この件は永遠の謎となった。

「行くぞ」

と外谷さん。

「オッケ」

「何をしている?」

「え?」

「行け」

「いや、しかし、今――」

「うるさい、行くのだ」

シャーンは黙って従った。

石段は急角度で二〇段ほど続いているが、それは問題ではなかった。

下り切ると、小さな倉庫くらいの地下室が待っていた。

ふり向くと外谷さんがいない。見上げた。二本のとても太い足がじたばたしている。足は下りたが、尻がつかえているらしい。

「仕様がねえなあ」

シャーンは階段を戻って、両足首を摑み、思いきり引っ張った。

一〇回目で、ぽふんと抜けた。それから、ぎゃあ、ぼでんと続いた。

引き抜かれた外谷さんが落っこちる悲鳴と落ちた音である。尻が抜けた瞬間とびのいたシャーンは、数メートル前方に音もなく着地している。

泣き喚《わめ》くかなと思ったが、外谷さんはすぐに、ぼん！　と起き上がった――というか撥ね上がった。

　ぽんぽんと尻を叩き、

「あー怖かった」

　と言った。痛くはないらしい。

「行くぞ」

　と木箱が積んである奥を指さしたとき、そこから三つの人影が現われ、夫婦らしい中年どもが、連発弓《きゆう》をつきつけた。ゴーグルをつけている。

　ロビンフッド愛用みたいな古風な弩《いしゆみ》は、上部の円筒に入った矢を高圧ガスで一〇〇本、一〇秒で射《う》ち尽くす。

「姿を現わせ」

　と中年男が言った。

「おれは『余里精肉店』の店主、二九之助《にくのすけ》」

「同じく陀不子《だぶこ》よ」

「〈カメレオン・スーツ〉を着ていても、おれたちはレーダー・ゴーグルをかけている。丸見えだ」

「そうだ、諦《あきら》めろ、このでぶ」

　と嘲笑したのは、一〇歳前後の男の子だ。携帯用の火炎放射器を構えている。

「僕は長男の頓吉《とんきち》だ。逆らうと丸焼きだぞ」

「リアルな名前なのだな」

　外谷さんが呆れたように言った。

「全くだ」

　これにはシャーンも同調した。名は体を表わすというのが、この一家のための言葉だった。どいつも服の下で、三段四段と腹がダブついている。頓吉ですら九〇キロを超えているだろう。

「実働部隊が戻って来ないから、おかしいと思っていたら、おまえたちが来たか」

　二九之助が憎々しげに言葉を吐いた。

「飛んで火に入る春のでぶだ」

　と頓吉が身を震わせて笑った。

「狙いはあんただから、まあ、いーわ」

　と陀不子が、ケケケと擬音がつきそうな笑顔を見せた。

「五人はどうしたの？」

「全滅だ」

外谷さんが胸を張った。

三人は顔を見合わせ、また外谷さんを見た。眼には憎悪と——呆れたような光があった。

「訊きたいことがあって来た」

と外谷さんは言った。声にも本人にも毛すじほどの怯《おび》えも感じられない。

「どうして、あたしを狙うのだ？」

「旨そうだからだ」

全員が声を揃えた。シャーンが、やっぱりねえとうなずいた。

「あたしより、旨そうな奴は、他に幾らもいるはずだ。納得できないぞ」

と外谷さん。

「教えておやり」

夫婦の腰の間から、皺《しわ》だらけの声がした。腰が曲がり切った白髪の老婆であった。ひん曲がった眼鼻が一種の怪物のように見せていた。

「祖母の脂肪江《あぶらえ》だよ。どうせ解体するんだ。みんな教えておやり」

「けどよ——祖母《ばあ》さん」

二九之助が躊躇《ちゅうちょ》し、すぐに決めた。

「わかった。こっちへ来い」

と連発弓で方向を示してから、歩き出した。

一〇歩といかずに止まった。

地下室——倉庫の端だったのである。全体で五〇坪もない。

「狭いわねえ」

外谷さんが嘲笑した。

「普通、悪の組織の地下アジトってくれれば、もう少し広くて、段ボールや木箱じゃない原子炉だの溶鉱炉だのが置いてあるもんじゃないのお？　なんかセコいわねえ」

「同感」

シャーンもうなずいた。

「うるさい、これを見ろ」

頓吉がでんでんと歩いて、木箱の横から通信装置らしいメカを引きずり出した。

見るからに古いタイプだ。四〇インチくらいのディスプレイがついている。ランプがあちこちで点滅しているのが堪《たま》らない。

「今ボスに連絡してやる」

二九之助が近くの木製の丸椅子《まるいす》にかけて、キイを叩きはじめた。

白い画面に文字が並んだ。

「寝ている。九時に起床予定」

続いて、湯気のたつ分厚いステーキが現われ、

「世界人肉食協会」

と出て消えた。

「ボスはお休み中だ。起きるまで待て」

「冗談ではないぞ。こちらも忙しいのだ。貸せ」

前へ出て、外谷さんは二九之助を蹴り倒すと、コンソールに太い指を這《は》わせはじめた。


「早い」

シャーンが唸ったほどのスピードであった。一つ目のキイが戻る前に、四つ目を叩いている。人食い親子さえ声もなく眼を見張るばかりだ。

どんなテクを駆使したものか、画面に突然、ベッドに横たわる中年のでぶが現われた。音声も双方向でONにしたらしく、ぶーびーぶーびーと聞こえてくる。寝息だ。

「起きろ、〈世界人肉食協会／新宿支部〉会長・保《ほ》根付《ねつき》理部男《りぶお》。調べはついているのだ」

これが途方もない蛮声《ばんせい》だったものだから、ベッドのでぶはとび起きた。

それでも、むにゃむにゃと寝呆《ねぼ》け眼《まなこ》をこすっているところへ、

「こら保根付、おまえが協会事務所の新人——二二歳の町田直子《まちだなおこ》の肉体を食っているシーンを、妻・生焼子《れあこ》のPCへ送ってやろうか？」

ベッドの男——保根付は愕然とディスプレイの中

からこちらを見つめた。

「お——おまえは⁉」

「外谷さんだ」

ここでカメレオン・エフェクトのスイッチを切ったらしい。

「げっ——ここは何処だ？　どうしておれの名前を知ってる？」

「〈余里精肉店〉の地下だ。おまえの名前どころか経歴も前科もすべてわかっているのだ。大人しく質問に答えろ」

「いや……しかし……おまえは……」

「町田直子の乳を吸いながら、『うちのより大きい』と叫んでいたのは誰だ？」

「信じられん……〈新宿〉一の情報屋とは、こんなに凄いのか？」

「ふっふっふ。さあ、どうする？」

「わかった。何が知りたい？」

「あたしをつけ狙う理由だ」

「それはもう——旨そうだからだ」

「うーむ」

外谷さんは腕組みをして考え込んだ。少しは納得した風なのが面白い。

「どうしてもあたしをさばいて食べようというのだな。そうはさせないぞ。おまえたちを皆殺しにしてから、警察へ突き出してくれる」

「殺してから突き出してどうする気だよ？」

シャーンが小声でたしなめた。

「むむむ」

保根付は苦悶《くもん》する必要もないのに苦悶する外谷さんを見据《みす》え、二九之助が、

「さあ、納得したら覚悟を決めろ。キロ二五〇〇円で売りとばしてやる」

「ちょっとお——安すぎない？」

外谷さんがゴネた、

「それにまだ訊きたいことがある。旨そうな女は他にもいるのに、どうしてあたしを選んだのだ？」

ディスプレイの中で、保根付が眉を寄せた。

「それもそうだな。えーっと……」

少し考え、はたと宙を睨みつけた。

「思い出したぞ！　大ボスからの指令だった！」

「おまえはアルツハイマーか。しかし、ボスがいっぱいいるのだな」

外谷さんが感心した。

「じゃあ、そいつと話をさせろ。よっ」

ぽん、とお腹《なか》を平手で叩いて、

「今わかったぞ。大ボスとは〈納戸町《なんどまち》〉にある『ミートショップ・市谷《いちがや》の太鼓腹《たいこばら》』の主人・樽山肥満夫《たるやまぼてお》（七十歳）だ。『市谷の杜《もり》　本と活字館』の近くだな。おまえたちは、自称『肉玉ネットワーク』でつながっている」

「おまえは年中無休で情報が入ってくるのか!?」

二九之助と保根付が同時に眼を剝《む》いた。外谷さんの評判は知っていても、この情報の収集ぶりを体感したのは、はじめてだったのだ。

「ふっふっふ」

外谷さんは不気味な含み笑いをしてから、

「では、保根付に用はない。頭越しに樽山を問い詰めてやろう」

「二九之助、このでぶを片づけろ」

スクリーンの中で叫ぶや、保根付の姿は消えた。

「——というわけで死んでもらうぞ」

二九之助と女房、息子の武器が二人をポイントする。

「このところ、〈区外〉の感染症のおかげで、いい肉が輸入不足なのだ。おまえので補塡《ほてん》させてもらうぞ」

「安直な商売してるわねえ。あたしの肉を牛だと言って売るつもり？」

「阿呆《あほ》か、豚に決まっている」

と頓吉が嘲笑した。

「この餓鬼《がき》」

外谷さんは眉を吊《つ》り上げた。

「おまえは太り過ぎのせいで、目下《もっか》、高血圧と心筋梗塞《こうそく》と肝硬変と痛風を患《わずら》っている。放っておくとひと月も保《も》たないぞ。月経異常もあるな」

「そんなものあるかい！」

と頓吉は喚いたが、すぐ血の気を失い、

「おかーちゃん、どうしよう？」

と泣きべそをかいた。

「えーい、情けない。そんな病気、この女を食えばすぐ治るよ」

と母親――陀不子が叱咤《しった》した。

「面倒臭い。これ以上、おかしな知恵をつけられる前に、早いとこ焼いちまいな」

「うん、わかった」

火炎放射器のノズルが、ごおと朱色の炎を放った。十代の火遊びか。

「丸焼きにしてやるぞ」

「ふっふっふ」

と外谷さんは、笑った。

「何がおかしい？」

と頓吉が歯を剝いた。

「おまえたちの店は、〈区〉の『人肉販売協会』に加わっていない。つまり、違法営業をしているのだ。あたしが焼かれる前に、〈区役所〉の〈商品流通局〉へ連絡したら、明日から即営業停止だぞ。次の商売は考えてあるのだろうな」

「そ、そう言われると」

二九之助はおろおろと、

「やめてくれ。話し合おう」

「何を今更《いまさら》」

外谷は嘲《わら》った。

「もうおまえたちに用はないのだ。明日から失業地獄をさまようがいい」

「あんた――どうするのよ？」

と陀不子が震えはじめた。全身の肉がダブついている。

「おとーちゃあん」

頓吉が泣き出した。こういうとき、現われるのが、頑固《がんこ》な年寄りだ。

「えーい、情けない。『余里精肉店』の主人ともあろうものが、なんて様《ざま》だい。こんな肉余り女、あたしが片づけてくれる」

脂肪江と名乗った婆《ばば》あが右手に肉切り包丁を閃《ひらめ》かせて、外谷さんへ駆け寄った。

こういうときの年寄りは危《やば》いと思わせる、悪鬼《あっき》の形相であった。

第二章　肉弾高血圧戦

1

「むう、来るか」

外谷さんは右腕をふり廻した。突進してくる婆《ばあ》さんが斬りかかる前に、水車のようなパンチを食らわせて戦闘不能に陥《おちい》らせるつもりだ。

だが、二人の間に黒い影が流れ込み、婆さんは急速に左へ方向を転じるや、段ボールの山に激突した。幸い中身は空であった。

「うーん」

と動かなくなった婆さんの肉切り包丁を片手で弄《もてあそ》びながら、シャーンは外谷さんに微笑《ほほえ》みかけた。

「無益な殺生《せっしょう》はよそうや」

と魅力的な笑みを外谷さんと家族たちに向ける。

その眼前へ、炎が押し寄せた。頓吉の放射器であった。同時に、ガスの発射音の尾を引きながら、数十本の矢が二人に集中する。

だが、これは殺意によるものではなかった。頓吉の火炎は破れかぶれだが、両親の矢は反射的なつき合いだ。

——しまったと後悔したのは早いか遅いか、炎はコンピュータを焼き、矢はこれもディスプレイを貫《つらぬ》き、爆発させてしまった。

失神した家族を、うんざり、という眼つきで眺《なが》めてから、外谷さんはかたわらのシャーンへ、

「やるわねえ」

と話しかけた。

「ここにも超高速人はいるけど、あんたは特別よ。マッハ五は出ていたな」

「六」

「へえ。どこまで行けるのだ?」

「試したのは九までだ」

「それ以上もオッケな顔だな」

外谷さんはにんまりと笑った。この若者の使い途《みち》

を見つけたらしい。少なくとも、役に立つと踏んだのだ。

「近頃は、アマチュアの人食いが多くて困るわ。大人しく肉屋をやってりゃいいものを」

「素材が魅力的なので」

こういう場合、外谷さんは嫌みとか否定的な解釈はしない。

「ぬふふふふ」

満面の笑みである。

「彼らをどうする」

とシャーン。

「あたしをさばいたり、焼いたりしようとした罰だ。火を点《つ》けて放っておくのだ」

「やると思った。けど、やめよう」

「そうはいかないのだ」

外谷さんは、ひっくり返った頓吉の火炎放射器を持ち上げると、木箱と段ボールに火を放った。

「この広さなら一〇分だぞ」

とシャーンが声をかけた。

「こら、起きろ」

外谷さんは全員を蹴《け》とばして眼を醒《さ》まさせると、まだ身じろぎしかできない一家に、炎を見せて、

「ふふふ――丸焼けはおまえたちだ」

と笑った。悲鳴が上がった。

「助けてくれ」

「焼き肉はイヤよ」

「おばさん、スマート」

「ふふふ、今さら遅いのだ。焼き肉になるのがどんなものか、おまえたち自身で味わうがいい」

そして、悲鳴を後にバイクにまたがった外谷さんは、排気音とともに階段を跳ね上がって行った。

三分後、炎に包まれた店の中から、バイクが飛び出て、三〇メートルばかり離れた路地の中に立つ太った影のかたわらで止まった。

「気を変えるなら、もっと早めに言ってくれよ」

バイクだったシャーンが、額の汗を拭きながらクレームをつけた。

地べたに払い落とされた四人は、恐怖と安堵《あんど》がミックスされた痙攣《けいれん》と涙ぽろぽろの最中だ。

「気なんか変えていないのだ」

と外谷さんは、人食い家族を冷酷に見据えながら言った。

「最初から間一髪で救出するつもりだったのだ。この辺りの食生活には、こいつらの店が必要なのだ」

「店はもうないよ」

シャーンの声と同時に、店は焼け落ちた。ようやく、消防車のサイレンが近づいて来た。

二人はファミレスへ入った。外谷さんが、腹が減っては戦《いく》さはできないのだ、と言い出したのである。

「戦さはやめようよ。もう遅いし、向こうも警戒して、準備を整えているよ」

「そのとおりだ。だけど、それも明け方までなのだ。向こうは夜襲に備えている。だから、夜明けとともに気は緩《ゆる》む。あたしたちは腹ごしらえをしてから、そこを狙《ねら》うのだ」

「おれも眠いわ」

シャーンは眼を瞬《しばたた》かせた。

「刺身定食ライス大盛りなどを頼むから、そうなるのだ。戦いは腹八分《はらはちぶ》で行なうのが常識なのだ」

「そういうあんたは、ステーキをレアで一キロも平らげてるじゃないか。おまけに最も健康に良くないフライドポテトを五〇〇グラム、ライスの大盛り三杯、アイス三個付きのクリームソーダ二杯とカマンベールをワン・ホール――喧嘩《けんか》に行く前に高血圧で心臓やられて死ぬぞ。しかも、野菜は一切摂《と》らないと来た」

「ふん」

と外谷さんは鼻を鳴らして、

「人間《ひと》のスタミナの元は蛋白質《たんぱく》と糖分と炭水化物な

のだ。要するに肉と砂糖とでんぷんだ。あたしの食生活の何処《どこ》に間違いがある？」

「あー無い無い」

シャーンは片手を振って敗北を認めた。食事だの栄養だので、この女と争ってもムイミだと悟ったのである。

そもそも、シャーンは真っすぐ敵陣へ突っ込むつもりでいた。ところが、外谷さんが前述のような屁《へ》理屈《りくつ》をつけて、腹ごしらえが先——になってしまったのである。

外谷さんが立ち上がった。

「トイレへ行ってくる。戻って来たら殴《なぐ》り込みだ」

「へーい」

「やる気あるのか、おまえ？」

「はい、あります」

やがて戻って来ると、外谷さんは妙な表情で、シャーンに話しかけた。

「何かおかしくないか？」

「おかしいです」

シャーンもきっぱりと言った。

素早く店内に眼を走らせて、

「いつの間にか、お客があの五人組しかいない。みんなさっさと出て行っちまったな」

その五人は、五、六メートルほど入口に近い窓際の席で、うどんだのスパゲティだのを食《や》っている。

「肉を食ってないぜ」

「いつも肉漬けだから、うんざりしているのだ。

『市谷の太鼓腹』の従業員に違いない」

「そこも人肉屋か？」

「勿論《もちろん》だ。みんな知っているぞ」

シャーンは呆《あき》れ果てたような表情で、

「しかし、人肉が公共の店で売られてるとはな。確かに凄《すげ》え街だ」

「人が人を食べるのは良くない——などとぬかすのは、〈区外〉のエセ道徳家ばかりなのだ。死んで火葬にする、或《あ》いは土に埋める。こんな勿体《もったい》ない話があるものか。ひとり分の肉や内臓があれば、何人が餓死を免《まぬが》れると思う？　ここだけの話、〈新宿区〉はアフリカや中近東、南米の戦闘地域に、この街ならではの食料援助を行なっているのだ」

「おいおい。向こうは人肉と知っているのか？」

「食べたことのある奴《やつ》はな」

「そんなもの、あちこちにいて堪《たま》るか。バレたら国際問題だぞ」

「そんな事態に陥ったことは一度もない。つまり、向こうも心得ているのだ。紛争地帯で人肉が食料にならないなどということは、神の摂理《せつり》に反しているのだ。人間、腹が減れば何でも口にするのだぞ」

「だが」

シャーンが反論した時、五人組がこちらを向いた。

立ち上がる右手は上衣《うわぎ》の内側に忍んでいる。

「外で会おう。煙幕を張るぞ」

返事を待たず、外谷さんは男たちの方へ銀色の円筒を放った。

店内はみるみる白煙に包まれた。

シャーンは床に伏せた。

「乗れ」

返事はなかった。

白い店内で、外谷さんは猛烈なスピードで出入口を目ざしていた。立っては敵の標的だ。ゴキブリのように四《よ》つん這《ば》いだが、カサカサカサカサ。その早いこと。

「いねえぞ」

「出入口を固めろ」

男たちの声が入り乱れ、いきなりBANGと銃声が上がった。シャーンが狙われたらしい。

外谷さんは逆に男たちの方へカサカサと疾走《しっそう》して行った。

いきなり、眼の前にヒゲモジャの顔が現われた。

うわ、と叫んで拳銃を向けて来た。

それを引ったくって、頭をどやしつけ、失神した男の襟首《えりくび》を摑《つか》むと、出入口へと向かった。

モーター音が左から近づいて来た。

機影も見ずに、ドローンだと判断した。

「むむ、やるな。武器も予算もいっぱいありそうだ。えいっ」

鋭いが何処か緩んだ気合の先で、モーター音は急降下し、床にぶつかる音がした。

「ふっふっふ。撃墜だ撃墜だ。〈新宿〉一の人捜し屋《マン・サーチャー》に感謝」

ぱちぱちと手を叩《たた》いて、外谷さんは再び、ゴキブリ走行に転じた。

前方に人影が現われた。両手で保持したレーザー・ポイント付きらしい武器をこちらへ向けている。前方の床に赤い点が生じた。それが移動し、ぶつかる寸前で、外谷さんは右方のソファに跳び乗った。そこからテーブル、反対側のソファへと移る姿もスピードも、太ったでっかいゴキブリのようだ。

しかし、奥の席へ移ろうとしたとき、

「むう」

と洩《も》らして、背中から床に落ち、手足を断末魔みたいにバタつかせた。

「クソ。動けないのだ」

空中から麻痺線《パラライズド・ビーム》を食らったのだ。

それから、

「あれ?」

と来た。

靴音と人影が近づいて来た。みな太っている。

「いたぞ」

「ドローンの麻痺銃《パラライザー》を食らったらしい。殺虫剤を浴びたゴキブリだ」

「しかし、どうして殺しちまわねえんだ。運ぶのが大事《おおごと》だぞ」

「おまえたちで運べ」

ひとりが偉そうに命じた。リーダーらしい。

「本部へ運んでバラバラにするんだ」

「今しちまったらどうだ？」

別のひとりが不満そうに言った。運ぶのが面倒だと思ったのだろう。無理もない。リーダーが、

「急に儀式を執《と》り行なうことになったらしい。つまり燔祭《バーント・オファリング》だ」

ユダヤ教の祭で神に捧《ささ》げられる焼いた供物《くもつ》のことである。豚や鳥が多い。丸焼きを前提とする。

「えーい、面倒だが仕方がねえ。おい、手を持て、おれは足だ」

「やれやれドローンよりクレーンが要《い》るぜ」

死体のように運ばれつつ、外谷さんは内心、しめしめと思った。黙っていても敵のアジトへ連れて行かれるなら、こんな楽なことはない。荷物扱いは気に入らないが、この場合仕方あるまい。

駐車場へ出た。東の空がうっすらと光っている。

三台の乗用車の前で下ろされた。全員、息も絶え絶えで、

「どれに乗せる？」

「どれでも同じだ。入らねえ」

「始末するつもりだったからな。トラックを呼ぼう」

「厄介《やっかい》ものが」

ひとりが腹立ちまぎれに外谷さんのお尻を蹴とばした。

途端に、むぎっと放ってぶっ倒れた。でっかいお尻がその面《つら》を覆《おお》っている。反射的ではない。怒りの行動だ。だが、これはある意味失策であった。

「まだ生きているぞ！」

「とどめを刺せ！」

「殺すな、莫迦《ばか》。もう一遍眠らせろ！」

ひとりが慌てて武器を構え、その瞬間、ふええと情けない声を上げて崩れ落ちた。

「麻痺銃だ」

「敵がいるぞ！」

その声もあえなく倒れる音に変わり、駐車場の外

から一台の大型バンが姿を現わした。

——シャーンかしら？

と思ったが、化けるには規模がでかすぎる。

外谷さんの前で後部ドアを見せて止まると、二つの人影が運転席からとび下りた。太っている。

ひとりが手にしたリモコンをいじると、後部ドアが開き、クレーンのアームがせり出して来て、外谷さんを嵌《は》め込《こ》んだ。

「むむ」

このまま分厚いシートに乗せられるのを確認したリモコン男がうなずくと、ドアが閉じられ、バンは、よっこらしょいと走り出した。

2

そのまま、妨害工作もなしでバンが滑り込んだのは、〈荒木町《あらきちょう》〉——〈杉大門《すぎだいもん》通り〉に建つマンションの駐車場であった。


クレーンで下ろされると、貨物運搬用の台車が待っており、動くこともなく、一〇階の一室へ通された。

それなりに広いが雑然としたオフィスだ。

「よいしょ」

台車から放り出され、殺虫剤をかけられたゴキブリ状態のまま様子を窺《うかが》っていると、奥の部屋から、

「来たか来たか」

と揉《も》み手《で》をしながら、それほど太ってはいないが、明らかに堅太りの男が姿を見せた。

「中和剤を射《う》て」

と運搬係のひとりに命じる。その前に、

「はっ」

と気合いで、外谷さんは立ち上がった。

男たちは息を呑《の》み、堅太りが、

「ほお、麻痺銃も効かないとは、中和処理を受けているのか、単に鈍いのか——どちらにしても大物に違いない」

外谷さんは、両手を動かし、両腕の屈伸をしながら、

「当たりなのだ。おまえは、保根付理部男だな」

「さすが、〈新宿〉一の情報屋――よくわかったな」

「さっき、余里精肉店のPCで見たぞ」

「あ」

「おまえもアルツか。それで、この美しいあたしを食べようなどと、不埒《ふらち》なことを考えたのだな。償《つぐな》いをさせてくれる」

「慌てるな。僕にはあなたに危害を加えるつもりなどない。とりあえず、奥でビールなどどうだ？」

「ハワイの動物園では、河馬《かば》にビールを飲ませて太らせていると聞いた。その手は食わないぞ」

「違うて」

外谷さんの猜疑心《さいぎしん》に呆れたみたいに、保根付は頭を横にふった。

「おれは最初からこの件には反対だった。〈新宿〉で大人しく人肉売買していりゃあ一生安泰なのに、なんで危ない橋を渡らなきゃならねえんだ？」

「そうだそうだ」

外谷さんは拍手した。無邪気ででっかい赤ん坊にしか見えない。

隣室へ移ると、本格的なバーであった。屈強なバーテンが外谷さんを見て、

「何を召し上がりますか？」

「ビール」

バーテンよりも保根付が、何だ、この女はという表情になった。

「ジョッキで」

バーテンも慣れたもので、大ジョッキを二つ、外谷さんのテーブルに運んで来た。

「じゃあ、一杯」

ひとつ取ろうとする保根付の前で、外谷さんは二つとも引ったくって、イヤイヤをした。全部あたしのだという示威《じい》的行為である。

「おい」

言われてバーテンがもうひとつ運んで来たら、それも奪い取ってイヤイヤをした。欲深にも程がある。

結局、保根付が一杯、外谷さん六杯で収まった。乾杯となって、保根付が一杯空けたときにはもう、

「ゲーップ！」

六杯空であった。調子が出てきたのか、ばんばんと腹を叩く外谷さんへ、

「あんたをさばいて売ろうというのは、実はアメリカさんのアイデアなんだ」

と保根付は言い出した。

「むむむ。太平洋戦争だというのか」

「それほど大仰《おおぎょう》なもんじゃない。サンフランシスコに『ポーキー・ミート・グループ』てのがある。うちの組合とも友好関係があって、肉を融通《ゆうずう》し合ってるんだ」

「日米貿易通商・精肉編なのだな。けど、どうしてサンフランシスコなのだ？」

「西部開拓時代というのを知ってるかい？」

「アメリカ中が六連発で射ち合っていた時代だな」

「いや、アメリカ中じゃない。金鉱めざして、東から西へと幌馬車《ほろばしゃ》が進んでった時代だ」

「ふむふむ」

「一八四八年に、カリフォルニアのジョン・サターという男の農場で砂金が発見され、アメリカ中の連中がカリフォルニアをめざした。大概《たいがい》は馬車か徒歩でロッキー山脈を越えてったんだ。船でパナマ運河を渡っていった連中もいる。さて、ようやくサンフランシスコへ着いても、肝心《かんじん》の金の行方はわからない。先に行った奴が掘り尽くしてしまった怖《おそ》れもある。そこで必要になったのが、当たるも八卦《はっけ》当たらぬも八卦の占い師だ」

「ふむふむ。このオードブルは何かしら？」

「豚肉の燻製《くんせい》ですね」

とバーテン。

「美味《うま》い美味い。それで？」

「サンフランシスコには、アメリカだけじゃなく、世界中から金掘りの連中がやって来た。中にはジプシーの水晶玉や、中国の風水もあった。今でもサンフランシスコがアメリカン・オカルトの一大拠点なのは、このとき集まった占い師連中のお蔭《かげ》だ」

「それがあたしとどういう関係があるのだ？」

「話はこれからさ。このとき、ニューヨークからやって来たオカルト一家に、人間食いを教義とする『ポーキー君』というのがあった」

「そいつがすべての悪の素《もと》だな」

保根付はうなずいた。

「左様《さよう》。当時の大混乱に乗じて、『ポーキー君』は次々に殺人を犯し、彼らの信ずる邪神に捧げてきたのだ」

「じゃしん？」

外谷さんの頭上に巨大な？マークが浮かんだ。

「何よ、それ？　サタンとかクトゥルーとか？」

「おれも良くは知らん。アメリカの中西部で密《ひそ》かに崇《あが》め奉《たてまつ》られていた豚の神らしい」

「何か不愉快だぞ」

ここでこだわると面倒なことになるとでも思ったのか、保根付は無視して、

「田舎《いなか》でチマチマ家族ごっこをしていりゃ良かったものを、金鉱ブームに乗って、サンフランシスコへやって来た。人食い家族てのは珍しいくせに、同じ趣味の連中は幾《いく》らもいたらしく、当局の弾圧を受けながらも、サンフランシスコじゃそれなりの勢力に育った。それから他に幾つかあった人肉教団を合体させて、今じゃ一大宗教団体にのし上がっているらしい」

「人食い宗教ってそんなに愛好者がいるのォ？」

外谷さんの人相が少し険しくなった。不吉なものを感じたらしい。

「『ポーキー君』に限れば、全世界に百万人超の正会員がいて、賛助会員は一千万を超すらしい」

「賛助会員って何だわさ？」

「とにかく、『ポーキー君』改め『ポーキー・ミート・グループ』は、崇め奉る神のお告げ、つまりご神託によって、あんたを次の教団結成祝いの正餐《せいさん》に決定したというわけだ」

「とっても迷惑な話だぞ」

「まあ、外国人のやることたぁわからんさ。無垢《むく》の非戦闘員の頭の上で、原爆をドカンとやらかした国だぞ」

「それもそうね」

外谷さんはうなずき、

「でも、根本的な疑問を解消していないぞ。どうしてあたしを食べることに決めたのだ？」

「神様の考えることはわからんなあ」

「んじゃ、ここにいてもしようがない。帰るぞ」

「そうはいかねえんだな」

「なにィ⁉」

外谷さんの全身に闘志が漲《みなぎ》った。保根付の口調に悪意を感じたからだ。

「『ポーキー・ミート・グループ』からの指令は、あんたの肉を冷凍して送れ、だった。つまり、生命《いのち》など要らんのだ」

「つまり、あたしをさばいて、その肉をパーティで食べようというのだな」

「ピンポーン」

「そうはいかないぞ。おまえを血祭りに上げて、ここから出て行ってやる。樽山も挽肉《ひきにく》にして、キロ一〇〇〇円で売りとばしてくれる」

「彼は九五〇円だと試算されている」

「何よ、それ？」

「『ポーキー・ミート・グループ』とうちの組織の話し合いで、正会員にはすべてキロ幾らの値段がつけられる。あんたは――」

「むう」

外谷さんの全身から敵意の炎が立ちのぼった。

「一五〇〇円以下だったら許さんぞ」

そして、どでんとソファから落ちて転がってしまった。

「象《エレファント》用の麻酔薬入りのビールだ。九杯も飲めば効いたな」

「むむむ、動けない。裏切り者め」

「最初から仲間だなんて言ってないさ」

保根付は、にやにやと笑った。

「おれだけデブじゃないだろ。それなのに信用したのが間違いさ」

これだとデブしか信用できないことになるが、この件では手を打つしかない。

「安心しろ。痛くないように、もう一〇頭分射ってから解体してやる」

「やめろ。許さんぞ」

手足をじたばたさせたが、動けない。そのうち、ぐったりした外谷さんなのであった。

「店へ運べ。バラしたらすぐ冷凍にしてアメリカへ送るんだ」

カウンターのバーテンがうなずいた。

奥のドアから数個の人影がこちらへ近づいて来た。でっかい台車を押している。

ぶうぶうと高いびきをかいている人体を台車に乗せて、廊下へ続くドアへと向かいかけたとき、窓の方を向いていたバーテンが、あっと叫んだ。

ふり返った保根付と男たちが凍りついた刹那《せつな》、窓から五〇メートルほどの位置に滞空していた中型ドローンから凄《すさ》まじい銃火が襲った。

厚いだけの窓ガラスは紙のように破られ、内部の男たちは、瞬時に血と肉に化けた。三〇ミリガトリング砲の猛射による解体前の解体であった。

ドローンが飛び去ると、血だるまの部屋へ、およそ不似合いの美しい人影が入って来た。

ただひとりの生き残りに近づき、

「よお」

と声をかける。

ぼんやりとこちらを向いて、

「あら、秋《あき》せつら」

と外谷さんは確認し、すぐに眠ってしまった。

眼を覚ましたのは〈新宿駅西口〉にある〈新宿警察〉の留置場であった。翌日の午後である。

眠っている間に精密検査が行なわれ、

「アフリカ象用の麻酔薬が検出されたのに、本人はすこぶる健康で、人の形をした生き物にはあり得ないことだ」

と医師の眼を剝《む》かせた。

ドローンの操縦者は分からぬままだったが、外谷さんは、

「あいつらは、あたしを食べようとしてたのだ。あたしも犠牲者なのだわさ」

と主張し、後は黙秘を通して、全面的に被害者と認められた。保根付が人肉の愛好者だと、近所の誰もが認めており、〈新宿警察〉にもその旨《むね》届け出ていたからである。


同じ夜に生じた「余里精肉店」の火災に関して、人肉愛好グループを狙った一件との推察もあったが、こちらは家族全員が生き残っており、自分たちの失火が原因だと主張したため、無関係となった。

その日のうちに、外谷さんは釈放され、署の一階ホールに秋せつらが待っていた。

「あたしが危険な時は助けにも来ないで、何をしていたのだ？」

とゴネると、

「いつも勘《かん》違いしてるけど、僕は人捜《さが》し屋だ。ボディガードに非《あら》ず」

「なら、もっと早く捜すべきではないのか？　あのドローンが来なかったら、あたしは解体されていたのだぞ」

「その程度ならメフィストが継ぎ合わせてくれるよ」

せつらは薄く笑った。

「むむむ」

最初の五人組に襲われてすぐ、外谷さんはせつらに彼らのボスの捜索を依頼したのである。ところが、

「目下《もっか》、三件かけ持ちでね」

とNOを出されてしまっていた。それでも、保根付のアジトへやって来たのは、三件が片づいたのか、合間を見て訪れたのか。せつらは何も言わなかったが、とにかく彼の指示で、〈救命車〉と〈警察〉が駆けつけたのは確かだった。せつらに言わせると、

――保根付までは確かめたので、マンションの前で張っていたら、外谷さんが運び込まれたのである。

「正確にいうと、外谷さんに良く似たズダ袋が」

しかし、それで救出に来てくれたのだから、外谷さんは何も言わなかった。正体不明のドローンがいなくても、彼が何とかしてくれたのは明らかだったからである。

近所の喫茶店で、

「まだ狙われるかな?」

と訊《き》くせつらへ、

「勿論だ」

外谷さんは力強くうなずいた。こういうタイプは外谷さんしかいない。

「あいつらは世界的組織なのだ。何が何でもあたしをバラして信者へキロ幾らかで売りとばすつもりでいるのだ」

「幾らくらいがご希望?」

こういう質問を、せつらはするりと口にする。

「うーんと」

外谷さん、空中に眼を据え、

「キロ――」

「二五〇円」

後ろの席から声がかかった。盗み聞きしていたらしい。

「むう」

憤然《ふんぜん》とふり返ると、いかにもスケコマシという感じの色男と、テーブルをはさんだ向こうから、短軀《たんく》出っ歯のゴリラそっくりが、ニヤニヤ笑いかけている。

生命知らずとはこいつらのことだ。

当然、

「何よそれ？」

外谷さんは思った。その結果を知ってない二人は、

「おばさん、堅太りらしいけど、脂身《あぶらみ》が多そうじゃん」

とゴリラが言い、

「キロ二五〇——いや、二〇〇でも売れるかな？」

とスケコマシがわざとらしく腕を組んだ。女に通じない冗談があるということを知らないらしい。それが生命に関わることも。

「ほれ」

スケコマシが咥《くわ》えていた「ピース」のフィルターを、外谷さんの腋《わき》の下に押し込んだ。ここにも段があって、うまく嵌《は》まった。

「じろ」

外谷さんが睨《にら》んだが、スケコマシはますます調子に乗った。

3

「ほら、もう一本。おおこれも嵌まった。もう一本、オッケーオッケー」

ゴリラ男も、ゴッホゴッホと昔懐かしいモンキー・ダンスで煽《あお》りはじめた。

その顔面に灰皿が激突した。勿論、外谷さんが投げた品である。ゴリラは吹っとんだ。

そのとび方が凄まじかったものだから、スケコマシはたちまち都合のいい幻想から醒めた。

「待ってくれ。これは冗談だ」

「あらそう。これも冗談なのだ」

外谷さんはスケコマシのところへ歩み寄った。せつらも止めなかった。

「よいしょ」

テーブルを移動させ、スケコマシの前へ立った。そびえ立つ巨体に、こっちもノッポのくせにスケコマシは声も出ない。気迫が違うのだ。プラス体圧が。

声もないノッポの前で、外谷さんは不意に後ろを向いた。

「?」

「あーあ」

とせつらがつぶやいた。

「よいしょ!」

低い気合い一発、外谷さんは軽くジャンプしてのけた。前ではなく後ろへ。

「むぎゅっ」

それは巨大なお尻で眼も鼻も口も塞《ふさ》がれたスケコマシの苦鳴《くめい》であった。

「ふっふっふ、このお尻の下で何人の男が死んでいったか」

外谷さんの笑顔は邪悪に染まっていた。

「ほうれ、ぐりぐりぐり」

上下左右に動かして密着させると、スケコマシは数秒で動かなくなった。他の客は呆然《ぼうぜん》と——という より呆気《あっけ》、という表情でおかしな闘《たたか》いを見つめている。

「そこまで」

せつらのひと声と同時に、外谷さんの身体は垂直に上昇し、空中で方角を変えると、せつらの向かい側に下りた。いや、落ちた。でーん。

むっとした顔でせつらを睨みつけ、

「邪魔をしたな。もう少しで息の根を止めてやれたのに」

そこへ店のママが駆けつけて、

「ありがとうございます」

と頭を下げた。

「なんのなんの」

とうなずく外谷さんへ、

「ホント、始末の悪い二人組で。この界隈《かいわい》でも妖物《ようぶつ》や悪霊《あくりょう》なみの鼻つまみなんですよ。ノッポの方が矢島俊一《やじましゅんいち》、チビデブが古賀雄一《こがゆういち》って言いましてね。昔、この辺にあった未巣照《みすてり》組って暴力団の三下《さんした》だったんですけど、他所《よそ》の組と喧嘩《でいり》になって、他の組員が皆殺しになったのをいいことに、今も二人してのさばっているんですよ」

「へえ」

とせつら。

「ふむふむ」

とうなずく外谷さん。どうやら既知の情報らしい。

ママは声をひそめて、

「あの矢島ってノッポの方が根っから悪党で、以前は別の暴力団に入ってたのが、そこの金を横領して、未巣照組へ逃げ込んで来たらしいんです。チビデブゴリラの方は、もともと未巣照組にいたんですが、小遣《こづか》いを恵んでもらうと、たちまち、味をしめて、今じゃノッポの腰ギンチャクですわ。うちへ来ても、コーヒー代やケーキ代をたかるんで困ってたんですよ」

これまで、ふむふむとうなずいていた外谷さんが、ここで、ふっふっふと笑った。これは怖い。

にやりと、ゼエゼエやってる矢島と、ようやく立ち上がった古賀へ眼をやって、

「あいつら出来てるぞ」

と言ったから、ママは仰天《ぎょうてん》した。

「まさか」

「本当なのだ。矢島がタチで、古賀がネコ」

「どーすれば、そうなる?」

せつらが苦笑を浮かべた。

「逆だろ」

ゲイ・カップルの場合、タチは太刀《たち》でポコチンを意味するから男根、ネコは女性器の隠語で女役にな

る。これは見てくれにかかわらないため、ゴツいのが柳腰の手にぶら下がって、しなしな歩くというのも珍しくはないのだが、今回はネコ役の古賀が、どう見ても毛むくじゃらのゴリラだから、極《きわ》めて珍しい例といえた。

「すると、あれ？　チビがノッポにすがりついて、早く二人きりになれるとこ行きましょ、うっふーん？」

ママは身を震わせながら、店の奥へと戻っていった。

他の客の耳にも外谷さんの声は鳴り響いたに違いないが、こちらはへえという表情でおしまいだ。〈新宿〉では人間と幽霊の、いわゆる「牡丹灯籠《ぼたんどうろう》」カップルも、ゴロゴロしているのだ。人間とゴリラが愛人同士でも呆れる者はいない。

「店に被害が出たら、あの変態どもに請求してよね」

外谷さんはこう言って立ち上がった。ま、吹っかけて来たのはその通りだから、仕方あるまい。せつらも腰を浮かした途端、外谷さんが向きを変え、でんでんと二人組の方へやって来て、

「一緒に来るのだ」

と命じた。

二人ともビクついて、立ち上がれずにいると、

「このデレ助どもめ。来い」

襟首を摑んで易々《やすやす》と立ち上がらせ、そのまま射とめた獲物を引いていく太った猟師のように店を出て行った。

せつらが、

「どうするつもりだ？」

「喧嘩を売って来た罰だ。あたしの役に立ててやる」

「食べちゃうとか？」

さすがのせつらも声を潜めると、

「その方がましだと思う目に遇《あ》わせてくれる。嫌なら言うことを聞かせるのだ」

「任せる。後で」

と片手を上げたら、

「あんたも来るのよ」

と凄《すご》まれたが、取り急ぎの用もないのか、

「はーい」

軽《かろ》やかに応じて、外へ出た。

〈警察署〉の前へ戻ると、無人タクシーが並んでいる。

一台にスケコマシとチビ・ゴリラを放り込み、

「〈四《よ》ッ谷《や》駅〉前の『トーチャン・ガーデン』へ」

とドライバーＡＩに告げる。

「やめてくれ！」

矢島が泣き叫んだ。

「お助け」

古賀が手足をバタつかせたが、外谷さんはにんまりと笑って、ドライバーの「眼《アイ》」に警察署のバッジを示した。

「警視総監ですね。了解しました」

この女なら何でもやると思っているのか、せつらは驚きもしない。

ボタンひとつで、前後の席の間に、ラップみたいなヘナヘナの透明幕が下りてきた。弾丸も通さない非透過物質が原料だから、後部座席で透明人間が暴れてもビクともしないし、いざとなれば、催眠ガスが目的地までの安全を保証する。

ぎゃあぎゃあ言ってた二人も、ガスのひと吹きで大人しくなった。

さらにぎゃあぎゃあ喚《わめ》き出したのは、「トーチャン・ガーデン」に着いてからであった。〈四ッ谷駅〉近くの「ＴＧ」といえば、最も広範な〈区外〉——つまり世界的に有名なＳＭクラブであった。正式な名称は「トーチャー（TORTURE）ガーデン」（拷問の庭）であるが、現在の名称が通用しているのは、常連に中年男性が最も多いからだという。

男二人を両脇に抱《かか》えて最も高いスペシャル・トー

チャン・ルームへ入ると、外谷さんは、「ヒヒ、ヒヒ」と笑いながら、二人を鉄輪《かなわ》付きの鉄鎖《てつさ》で天井からつないだ。

せつらは黙って眺めている。

備えつけの気付けスプレーを吹きかけて二人が眼を醒ますと、

「ほれ、どうだ。ビシッビシッ」

と鞭《むち》をふるいはじめた。

生白《なまじろ》い矢島の背中も毛だらけ古賀もたちまちミミズ腫《ば》れだらけになった。

「ボクの白いお肌が裂《さ》けるーん」

「ボクには効かないぞ、おケケが助けてくれる。残念だったな、デブ」

「ふふふ、これでも助けてくれるか」

外谷さんはガスバーナーを取り出し、炎を浴びせかけた。これはスペシャル・ルームのみの備え付けである。

たちまち火がついて、古賀は悲鳴を上げた。

「助けてえ、シュンちゃあん」

「よし、今行くぞ、ユーイチ」

と言うなり、両手を思い切りふり下ろした。

鎖はあっさり基礎部ごと天井から抜けた。スケコマシのくせに人工筋肉か筋肉強化剤を服用していたらしい。

「頼もしいわ、シュンちゃん」

「任しとけ、いま助けてやるぜ」

どう見ても台詞《せりふ》が逆だが、男同士の仲良しとはこういうものらしい。

「おい、ユーイチを放せ」

鎖をぶんぶんいわせながら、外谷さんに迫る。

「うるさい、インキンのっぽ」

「えーっ⁉」

矢島は棒立ちになった。股間のものもそれに倣《なら》った。

「どどうして知ってるんだ⁉」

「あんた折に触れて、ポリポリやってたじゃん」

奥のソファにいたせつらが、鋭いとつぶやいた。

「そんな。人目を盗んで掻《か》いてたのに。今日は、薬をつけ忘れて来てしまったんだ」

「阿呆《あほ》め」

「う、うるさい」

と、ふるった鎖の下を、外谷さん、体形からは信じられない速度でスケコマシの胸元に飛び込み、

「おうりゃあ！」

見事に投げ技を決めて、向こうの三角木馬に頭から叩きつけてしまった。

「ほう、『山嵐』」

とせつらがつぶやいた。

失神した矢島を木馬に乗せ、外谷さんはなおもジタバタしている吊るされたゴリラに近づいた。

「おまえのタチは半分死んだ。さて、おまえはどうしてくれよう」

「や、矢島さんに怪我《けが》させたら、生かしておかないぞ、ゴッホ」

「やかましいわ、包茎《ほうけい》ゴリラ」

「げっ、どうしてわかるのだ？」

「誰でもひと目でわかるわさ。しかし、なかなか可《か》愛《わい》い。つまんでやろう」

「や、やめてくれ、ゴッホ」

「遠慮するなのだ。ほれ、まー可愛い。ほーれほーれ、伸びろ伸びろ」

ゴムみたいに伸びきった先っちょを、

「えい」

と放すとびーんと戻った。

「イタタタタ。僕たちをどうする気だ？」

「あたしのオフィス、近頃汚れが目立っているのだ。おまえら掃除しろ」

「えーっ⁉」

「嫌なら、ここで責め殺してやる。あたしは常連だから、顔が利《き》くのだ。まず、おまえは腹が出ているから、浣腸《かんちょう》責めにしてくれる。ふふふ、どれくらい痩《や》せるやら」

「やめろ、この悪魔デブ」

「ふふふ。まだ後があるのだぞ」

「なにイ？」

ゴリラ顔が血の気を失った。

「浣腸で何もかも絞り出した後で、肥満剤をたっぷりぶち込んだ肉とケーキを、ゲロを吐くほど食わせてやるのだ。そうするとどうなるかわかるか？」

「き、貴様《きさま》――まさか」

「そうだ」

外谷さんは、ひときわ大きくうなずいた。

「おまえたちは、あたしを超えたデブになるのだ。世界一のデブ・カップルの誕生だ。それから〈歌舞伎町〉へ放り出してやる。人食い団体が大挙して押し寄せて来るぞ」

「助けてくれえ」

「ふっふっふ。包茎ポコチンが、完全に縮み上がっているぞ。まだ死にたくないか？」

「ないない」

「なら、言うことを聞くな？」

「聞く聞く」

「聞きます、女王様、だろう？」

外谷さんはここで鞭をふるった。ビシバシ。毛むくじゃらの醜《みにく》い背中や出腹や尻に見る見るミミズ腫れが走る。

「ひええええ」

「おまえとインキンのっぽは、あたしの手足兼身代わりになって働くのだ。ふふふ」

そのとき、へたばっていた矢島が、ふらふらしながら立ち上がった。右手に銃を構えている。電子銃だ。ゲーム用のをSM用に強化したもので、ぎり一万ボルトを放射する。市販のスタンガンよりは強力だから、十中八九《じっちゅうはっく》失神するが、耐電薬を服《の》んで、ひええ、ぎゃあ、痺《しび》れるようと、のけぞるMにはもってこいのオモチャだ。

「ビビビ」

先端の電極から青白い光が外谷さんを貫いた。間一髪で身を翻《ひるがえ》したので、お尻に命中した。

「ひえええええ」

命中箇所を押さえて逃げ廻るが、電撃は執拗《しつよう》に追って来る。

「どうだどうだ」

矢島の唇の端からは涎《よだれ》がしたたり、当人は恍惚《こうこつ》としている。真正のSだ。

「助けてえ」

外谷さん、せつらを見るが、こちらはそっぽを向いている。

「なぜ助けないのだ?」

「いや、なかなか面白い。ネットに流そうか」

「やめろ。ひええ」

ついに外谷さん、四つん這い。

矢島が変質者剥き出しの形相《ぎょうそう》で武器を向ける。その先を走った。普通なら風を巻いてでんでんとなるところだが、まるでゴキブリみたいに音もなく疾走する。軽やかだ。

「へえ」

とせつらも舌を巻いた。

「糞女《くそ》」

追いかける矢島が、壁の前まで追いつめたとき、驚くべき事態が発生した。

電磁波が命中した、と見えた瞬間、外谷さんは四つん這いのまま垂直に壁を駆け昇ったのだ。

呆気にとられた矢島の顔面へ、巨大な塊《かたまり》が激突した。

「ぎゃあ」

と頭から床に激突した矢島の顔もぺしゃんこだ。

立ち上がった外谷さんは、ぼりぼりお尻を掻いている。矢島をつぶしたのは、巨大な尻であった。

「ひどいわねえ。お尻が焦《こ》げてしまったのだ。ヤロー絞め落としてくれる」

と息巻くのへ、

「こいつらをどうする?」

とせつらが訊いた。

「ひと儲《もう》けする手があるのだ」

外谷さんはまたもや、ニンマリと唇を歪《ゆが》めた。

第三章　海外人肉事情

1

それからしばらくの間、外谷さんの身に異変はなかった。

せつらが情報収集の電話をかけると、

「何もないけど、オフィスの周りを、牛や豚を積んだトラックが、しょっちゅう通るのだ。嫌がらせに違いない」

「敵は牧畜業界か」

せつらはいつもの茫洋《ぼうよう》調でつぶやき、

「ま、上手《うま》くやりたまえ」

電話を切りかけると、

「ちょっと待て。それが、日本の牛や豚ではないのだ」

「すると——外国版の嫌がらせか」

「そうだ。最近アメリカでは、半年前の大冷害の影響で穀物の生産量が軒並《のきな》み五〇パーセント減の大打撃を受けた。それを餌《えさ》にしていた牛も豚も大量の餓死が相次いでいるのだ。それで急遽《きゅうきょ》、オーストラリアやカナダ、中国からの輸入で凌《しの》いでいるのだが、何故か、国民から、不味《まず》い食えないというクレームが押し寄せ、頭を抱《かか》えた政府は、国民投票を行なった」

「何の投票？」

「どの国の肉がいちばん美味《うま》いかというアンケートだ」

「はーん」

せつらは手を叩《たた》いた。

「もうわかったのか？」

「いや」

「——結果は日本の肉だった。そこで、昨日、アメリカ精肉局のトップが農水省へ来訪し、日本の肉を提供してほしいと申し込んだのだ」

「ふんふん」

せつらはうなずいた。

「筋は通っているけど、何か問題でも?」

「これは極秘の裏情報だけど、牛馬の提供とは別に、人肉もよこせと言って来ているらしいのだ」

「おいおい」

せつらは吹き出しそうになるのを、必死で抑《おさ》えた。

「アメリカにも人肉市場があるのか?」

「おまえは世間知らずだ」

外谷さんは罵《ののし》った。

「人間の肉が美味だというのは、原始社会からの認識だ。モラルという奴《やつ》が、それを認めながら、食ってはいかんと言い出した。しかし、あたしたちが美味い唐揚《からあ》げやハンバーグやイーフー麺《めん》を忘れられないように、人肉嗜好《しこう》もまた、闇の世界でシコシコ受け継がれてきたのだ」

「〈新宿〉は堂々としている。この間も〈早稲田《わせだ》通り〉に、人肉パブが一軒オープンした」

「そね。体育会系の学生が大喜びしていた。近頃の新入生は、動物の肉はダメだけど、人肉は臭みがなくていいというのが多いらしいぞ。これは世界的な流行《はや》りなのだ」

「何処《どこ》もかしこも〈魔界都市〉か」

せつらが薄く笑った。愉《たの》しそうである。

外谷さんはしかめっ面をして、

「厄介《やっかい》なのは、アメリカの人肉集団が、エセ美食家どもの集まりということだ。ヨーロッパは人食いにも歴史と筋金が入っている。彼らの目下《もっか》の注目は旧石器時代人だ。知ってるか?」

「いいや」

「ヨーロッパの上流階級の間では現代人を食べ飽《あ》きて、ついに過去の人類に眼を向けはじめたのだ。とりあえず、現代人に近い新石器時代人は避けて、旧石器時代人――ネアンデルタールが注目を浴びているらしい」

「しかし、彼らはみな」

「化石だと言いたいのだな。おまえは世間知らずだ。おかしな糸の使い方以外はな」

「暴言だ」

とせつらは返した。

「いい加減にしないと、いくら大人しい僕でも怒るぞ」

「アフリカのコンゴ共和国北東部に、『ケルハチャキ洞窟』という、約三万年前の洞穴《ほらあな》があるのだ」

外谷さんが、珍しく静かに語りはじめた。

「何も知らない人間には、直線距離で一キロほどの平凡な穴だが、八年ほど前に、その北に別の洞窟が発見された。そこにはなんと一万人を超える旧石器時代人――ネアンデルタールの死体が冷凍状態で保存されていたのだ」

「アーメン」

「一万体もの死骸《しがい》が保存されていれば、旧石器時代の謎などすぐに解けてしまう。しかし、人間の愚《おろ》かさは、そっちの方向へ進むことを許さなかった」

外谷さんの口調は熱を帯び、その姿は悠々《ゆうゆう》たる歴史の大河の中で、永劫《えいごう》の真実を伝える神のごとき荘《そう》厳《ごん》なる雰囲気を帯びつつあった。せつらが、へえと洩《も》らしたほどである。

「この氷漬けを発見したコンゴ人たちの中に、ヨーロッパ食人協会の会員がいたのだ。彼の連絡を受けた協会の首脳は、すべての冷凍遺体を極秘のうちにヨーロッパへ運び、所有している冷凍庫に分散して、密《ひそ》かに秘密パーティへ提供し、会員同士で舌《した》鼓《つづみ》を打っているのだ。この頃、TVのニュースに出て来るEUの首脳陣が、どいつもこいつも妙に血色がいいのはそのためだ」

「そうだったのか」

と言ったところを見ると、せつらにも思い当たる節があったに違いない。

「そして、アメリカもそれに追随《ついずい》した」

「違う違う」

外谷さんは太い太い両腕をふり廻《まわ》して否定した。

「アメリカは肉の質がどうこうなんか言わないの

だ。もともと牛肉を食べていた国だからな。人間も自分の国の分で賄《まかな》って来られたのだ。それが今回は真っ当な輸入国の代わりに人肉を要求して来た。日本政府もこれには困ったらしい」

「ふむふむ」

うなずきうなずきしていたせつらの眼に、ある光が点《とも》った。

「すると、じきにアメリカも、あんたを狙《ねら》って来るな」

「そこが問題なのだ」

外谷さんは自信たっぷりにうなずいた。

「今回の事件の元はアメリカの人肉ヤローどもにある。そして、あんたの言った通り、どう見ても奴らはあたしを狙って来る」

「大変だね。〈区役所〉も仲間か」

「ふーむ」

外谷さんは分厚い唇を一文字に結んだ。

「闘志満々だな——アメリカを相手にする?」

「いや、めんどイ」

きっぱりと首をふる。

「あーあ」

とせつら。

「ここは〈区役所〉の外交手腕に任せたいと思うのだ」

「本気? 〈区長〉はあの梶原《かじわら》だよ。〈区〉が裕福になるどころか、一億も私腹を肥やせれば、平気であんたを売りとばす。いや、さばいてサービスにお渡ししましょうと言い出しかねない」

「それもそうね。ふむ、どーしよう」

「徹底抗戦だね」

せつらはきっぱりとうなずいた。

「面白がってないか?」

「とんでもない」

「とにかく、あたしに手を出さないようアメ公に釘《くぎ》を刺してもらうのだ」

「ふーん」

「んじゃ、これから行って来るぞ。善は急げなのだ」

外谷さんは立ち上がると、まだノーテンパー状態の変態二人の襟《えり》を摑《つか》んで、部屋を出て行った。

何に使うつもりなのか、せつらは気にしないことにした。

「話はしたわ。守ってくれるわよね」

黒檀《こくたん》のテーブルをはさんで、外谷さんは身を乗り出した。

向こうでは梶原〈区長〉が、にこやかな笑みを浮かべている。その裏に苦いものがあるのを外谷さんは見抜いていた。

「勿論《もちろん》だ。〈区長〉として、私は〈区民〉の誰をも外国に売ったりはしない」

「ホント？」

「無論だ」

大きくうなずいた。何か自分に似てるわね、と外谷さんは思った。


「ならいいけどね。あたしの身に危険が迫って、それに〈区役所〉が関与してるとなったら、いの一番にあんたがくたばることになるのだぞ」

「あ、圧死かね？」

青ざめる梶原へ、

「何よ？」

「い、いや、何でもない。とにかく胸を撫《な》で下ろしてくれたまえ。何ならガードマンを市費で派遣してもいいが」

おまえの派遣するガードマンなんか信用できるものか、と外谷さんは思った。

「念を押すが、アメリカの農務省《USDA》内の人肉供給部《HMSD》は、確かに〈新宿〉から特定人物の肉を輸出してほしいという要求はして来た。ま、ひとり分だけだが、それが君だったことは間違いない。しかし、〈区〉としては断固拒否をしてお引き取り願ったのだ。アメリカ政府としての公式な要求は完全に引き下げられたと思ってくれたまえ。ただし――」

「ん――?」

外谷さんの眼が細まり、危険な光を帯びた。〈区長〉はあわてて、

「いやいやいや。つまりその――向こうが勝手にやらかすことを防ぐには限度があるということだ。あなたはガードを断わったし」

「上手いことになったと、内心舌舐《な》めずりをしているな」

「こ、細かい分析だな。そんなことはない」

「まあいい。あたしの身に何かあったら、おまえも只《ただ》では済まないぞ」

外谷さんは立ち上がった。強風が梶原の少ない髪の毛を派手に吹き流した。


でんでんでんと〈区役所〉を出たところで、

「ハーイ」と呼びとめられた。バイクのエンジン音が一緒だ。

右横にバイクが停《と》まっている、ハーレーだ。

シャーンではなかった。革のつなぎが恐ろしく似合っているのは、彼がハーレーの母国――アメリカ産だからに違いない。

「あら」

外谷さんの顔が音を立てて笑み崩れた。バイカーは、恐るべきハンサムであった。

素早く頬《ほ》っぺたを引っ張ったり押しつぶしたりしてから、

「何か?」

と訊《き》いた。ドスを効かせた声もどこか弛《たる》んでいる。

「僕はアメリカの観光客です。アダムといいます。外谷さんですね?」

「そうだけど――あんた〈新宿〉は初めて?」

「はい」

「なら、どうしてあたしのことを知ってるの?」

「有名人ですから」

淀《よど》みない答えが返って来た。

「あら」

「〈区外〉でも、あなたの名前は超有名です。私の仲間たちもみんな知っています」

「あら、そうかしら」

外谷さん、何を思ったか、ウエストポーチから化粧用のパフを取り出して、バンバン顔をはたきはじめた。

化粧というより、これから一戦交える相撲取りかレスラーのようで、アダムも眉をひそめている。

「で、何の御用かしら？」

口調まで女っぽく変わっているが、わざとらしい。

「僕の仕事は日本でいうルポライターです。〈魔界都市〉は、今アメリカやヨーロッパで大注目を浴びています。日本の魔性《ましょう》の巣窟《そうくつ》とも、日本の黒い恥部ともいうべき地獄のような土地の真実こそ、世界の人々が知りたがっているものです。初めて訪れる僕がそのすべてを人々の眼にさらし、ピュリッツァー賞を取るためには、〈魔界都市〉のすべてを知る魔人の力が欠かせません。外谷さん協力してください」

外谷さんの表情は目まぐるしく変わった。讃《たた》えられているのか、罵《ののし》られているのか、分からないのである。

それに気づいたか、アダムがウインクした。

「いいわよン」

外谷さんは粉だらけの笑顔を作った。迫力充分だ。

「で、何をすればいいわけ？」

「名所を案内してください」

「任しとき」

胸を叩いた。波動が世界に広がった。

「では――いつから？」

とアダム。

「勿論、これからよ」

外谷さんの決意を固めた顔は、濃い夕暮れの張りつめた〈歌舞伎町〉の空の方を向いていた。

2

ハーレーが滑《すべ》り込んだのは、〈旧区役所通り〉をバッティング・センターのところで左折した地点だった。

「ここは何処です?」

アダムがガイドブックに眼を走らせながら訊いた。

「ついといで。バイクはそこに置いときゃいいのだ」

こう言って、バイクのタンクに真っ赤なカードを貼りつけて歩き出した。

「あのカードは何ですか?」

「お護り《タリスマン》だ」

「それで僕のバイクは盗まれないのですか? 凄《すご》い!」

「ふっふっふ」

五、六メートル進んだとき、十五、六の少年がハーレーに忍び寄った。カードを眼に留めた瞬間、ひええと叫んで跳《と》びのいた。全力疾走《しっそう》で人混みに紛《まぎ》れた。

気がついたアダムが、

「どうしたんですか? カードを見て逃げ去りました。泡を吹いています」

「ふっふっふ。あたしの名刺なのだ」

「グレイト! インクレディブル! アスタウンディング、ウィアード、インド・カリー!」

外谷さんは黙《だま》って、近くにある廃ショップのドアを叩いた。

釘打ちされたドアの一部が内側に沈み、男の顔が現われた。

「合——」

言葉はと訊きかけ、ぐえと呻《うめ》くやドアは開いた。

「顔ですね——」

アダムが舌を巻いた。

内部は広い酒場になっていた。

赤ら顔たちがグラスを重ねる中を、ノーブラ、Tバックの女たちがローラー・シューズで走り廻っている。

黒タキ、蝶タイのマネージャーらしい男が外谷さんに近づき、

「よくいらっしゃいました――こちらへ」

と一段高い桟敷《さじき》席へと導《みちび》いた。

「今ボトルをお持ちします」

と一礼し、階段を下りるときにアダムを見て、気の毒にという風に溜息《ためいき》をついた。

すぐボトルとグラスとオードブルが運ばれて来た。

「アメイジング」

とアダムが叫んだのは、三倍サイズのボトルと、肉だらけのオードの盛り付けを見たからだ。

「あたしの持ってる農園と牧場で作ったワインとオードなのだ。好きなだけおやり」

「ひょっとして、経営者？」

「ま、そうかな」

アダムは深い溜息をついた。

「経営者としても抜群だ。素晴らしい」

太った男がひとり、階段を昇って来た。

「よお」

片手を上げる頰《ほお》ダブの顔が、

「性懲《しょうこ》りもなくまた来たか――愚かなでぶめ」

と外谷さんが吐き捨てた。

「うるせえ、今度こそてめえを酔いつぶして、おれがここのオーナーになるのだ。覚悟はいいな？」

「おまえこそ、支払いはできるのだろうな。CEOを馘《くび》になったと聞いたぞ」

「うるせえ。酒を持って来い」

外谷さんがうなずき、酒瓶《さかびん》が運ばれて来た。

「アブサンですか？」

瓶を見たアダムが眼を丸くした。

「そうだ。こいつはこの前、瓶三本で往生《おうじょう》した。その程度であたしに挑戦するなんて、身の程知らずにも程があるのだ」

「しかし、アブサンはニガヨモギの成分が、幻覚、幻聴、精神錯乱を引き起こします。長期に亘《わた》って飲用すれば、アル中を通り越して、精神病患者になってしまう。余程《よほど》の酒好きでも、ショット・グラスで三日に一杯が限度だと言われています。酒とは根本的に違う飲み物です」

「だからどうしたというのだ?」

外谷さんは一応、決死隊みたいにきつい顔で嘲《ちょう》笑《しょう》し、小さなグラスに緑色の液体を注ぐと、

「ぶう」

言うなり、男とともに一気に飲み干した。

ひと瓶空けても、ペースは変わらなかった。

「奇蹟《きせき》だ」

アダムの感嘆は酒の神のものだったかもしれない。


二本目にかかったとき、男が胸もとを掻《か》き毟《むし》って倒れた。

担架《たんか》で運び去られるのを見送ってから、

「何者です?」

アダムは興味津々《しんしん》であった。

「『サントニー』って大阪に本拠を置くでっかい酒造グループのCEOだわさ。新しい酒の原料を求めて〈新宿〉へ来たのが運の尽き。この店であたしと会って、初めてアブサンの飲み比《くら》べをしたのが三年前。以後、年に一回、今日のこの日に飲み比べを挑《いど》んでくるのだ。そのたび、息の根が止まって〈メフィスト病院〉で甦《よみがえ》ってくるけど、そろそろ限度だわさ。何処まで保《も》つか、ぶう」

その口から緑色の泡がひとつはみ出して、空中を漂《ただよ》っていった。

「あら、酔ってしまったぞ」

と立ち上がった身体《からだ》が、大きく左右に揺れた。

「相討ちでしょうか?」

とアダムが訊いた。

「そういう線もあるのだ。ゲップ」

今度は三つ上がった。

「歩けますか?」

外谷さんはまた立ち上がり、ででんと椅子《いす》へ戻った。

「危《やば》いぞ」

「いいえ、結構です」

アダムがにやりと笑った。明るいアメリカ人の顔は、この世のものではない表情を浮かべていた。

「あの元CEOには、一生礼を言っても言い足りません。僕の名は〝スパイダー〟アダム。あなたをさらうよう、アメリカ政府から依頼された者です」

「ぶう?」

「あなたのことを調べても、あまりにも資料が少ないので往生しました。打つ手が思い浮かばない。破れかぶれでした。しかし、こんな形で事が上手く運ぶとは思わなかった。冥土《めいど》の土産《みやげ》にもう一杯いかがです?」

と差し出したグラスをためらいもせず受け取って、

「ガバ」

と空けてしまった。

「ふにゃあ」

と前へ倒れかかり、何とか持ち直して今度は後方へのけぞり、それもこなして右へ。アダムがあわてて支えた。外谷さん満更《まんざら》でもなく、

「ふむ。ホテルへ連れ込む気だな?」

「とんでもないっ⁉」

アダムは愕然《がくぜん》と叫んだ。恐怖の叫びであった。必死に気を取り直し、

「ここを出て、アメリカ大使館へ行くぞ」

と外谷さんを持ち上げた。力ではない。一種の技である。

片腕を取られ、外谷さんは階段を下りはじめた。

アダムの表情に勝者の傲《おご》りが湧いた。この調子な

ら連れ出すのは簡単だ。邪魔が入ったら、武器にものを言わせればいい。〈門《ゲート》〉さえくぐれば、後は大使館まで一直線のハーレー旅だ。

外谷さんが一段下りた。

その口から、ぽこりと水泡が浮き上がった。

もう一段、今度はぽこぽこり。

そして、天井近くでそれらは手足を備えた奇怪な生物と化したのである。産みの親の見てくれを反映したか、どれも太っており、不平面《ふへいづら》をしている。

あきゃあ、と叫んで下のテーブルへ襲いかかった。

悲鳴を上げて逃げ惑《まど》う客たちは無視して、テーブルの酒を器用に摑んで飲みはじめ、オードブルも貪《むさぼ》り出す。たちまち奪い合いが始まり、爪と牙が自身と仲間たちを引き裂きはじめるが、血は出ない。

客たちが逆襲に転じ、拳銃やレーザーに物を言わせると、外谷さんの分身はたちまち彼らに襲いかかり、血で血を洗う修羅場《しゅらば》が出現した。

この間、アダムは外谷さんを抱えて、ホールを抜け、店外へ脱出した。ハーレーまで一〇メートルもない。

「ぷーぴー」

と意外に可愛《かわい》らしい寝息をたてる外谷さんへ、

「いい夢を見てください。じき、現実の地獄がやって来ます。はっはっは」

笑い声が急に止まった。ハーレーは通りの一方に横付けになっており、その奥――〈新宿駅〉寄りの地点に、男がひとり立っていた。

シャーンであった。

アダムがゆっくりとハーレーに近づき、ドデンと外谷さんをハーレーの上に横たえた。

左手をハンドルに置いて、

「外谷さんには相棒がいると聞いている。おまえだな」

「冗談じゃない。迷惑だ」

「ならどうしてここにいる?」

「たまたま通りかかっただけさ。ところで何処へ連れていく、アメリカ政府のワンちゃん?」

「最初から闘《や》る気だね。よかろう、相手になりましょう」

「外谷さんを下ろせ」

「いいや、こうなると手頃な人質だ。彼女を焼き豚にしないよう、気をつけてかかって来たまえ」

「焼き豚?」

と顔をしかめるシャーンを見て、アダムも、

「そうか、スケールが違う」

とうなずいた。外谷さんが、うげえと鳴いた。いや、呻いた。

それが合図。

「GO!」

いうなりアダムが、ハーレーにかけていた左手を放した。

それだけで、エンジンが唸《うな》り、バイクはシャーンめがけて地を蹴《け》った。タイムラグ・ゼロ——一気の四〇〇キロ加速であった。

迎え撃つのは、路上から垂直に舞い上がった索敵《さくてき》バイクであった。

言うまでもない。シャーンの変身だ。数センチを残して、ハーレーは外谷さんを乗せたまま、石の電柱に激突した。

真っぷたつになった電柱が巨腕のごとく落下してくるのを、アダムは片手で受け止めた。生体強化処置かサイボーグ手術を受けているに違いない。

ワン・ジャンプで、降下するシャーン＝バイクに躍《おど》りかかり、座席へ拳《こぶし》を叩きつける。並みの乗用車ならひしゃげるどころか、ふたつにぶち切る一撃であった。

空を切った。

「まさか」

と眼を剝《む》くアダムの後方で、かすかな排気音とともに突進してきたカワサキが、アダムの美貌《びぼう》ごとア

スファルトの地面へ全身を叩きつけた。

三メートルほど先の路上で停止したバイクは、みるみるシャーンに変わり、

「おしまいじゃないよな？」

と挑発した。

アダムの身体が、ぴょんと撥《は》ね上がり、

「勿論さ」

とシャーンを指さした。

中折れの電柱の根元に横たわったハーレーがそのまま地面を滑って、シャーンの足先に迫る。外谷さんも一緒だ。火花が丸い身体を呑《の》みこんだ。

シャーンはまさに間一髪で宙を飛び、外谷さんを引ったくって、後方のホテルの壁へと走った。ぶつかる寸前、バイクがしなやかに壁を駆け上がって、五階の窓辺で、外谷さんを抱き上げたシャーンに化けた。

「馬力はそっちだが、機動力はおれが上だな」

にやりと崩れた顔に狼狽《ろうばい》が走った。

よろけたのだ。重い。

「うわわ」

悲鳴を風刃《ふうじん》が断ち切った。

地上からこれも駆け上がってきたハーレーが外谷さんを奪って、反転し、対峙《たいじ》する。メット、ゴーグル姿のアダムが青い眼を殺意に光らせ、手ぶらになったシャーンをねめつけた。

「この女は貰《もら》っていくぞ——次は決着をつける」

「そうもいかないねー」

シャーンは顔の前で人さし指をふって見せた。

「チッチッチ。勝手に決めるなよ、こっちにも都合ってものがあるんだぜ、ヤンキーさんよ。大体、さらう相手を地面にこすりつけたり、壁に叩きつけたりするのが気に入らない。外谷さんは返してもらおう——えいっ」

彼は拳をふった。開いた拳から白い糸状の筋が飛んで、外谷さんを包んだ。

「——それは？」

眉を寄せるアダムへ、

「アメリカ人、自国産品の勉強が足りないね。スパイダー・ネットだよ」

シャーンは笑みを広げた。

「ま、〈新宿〉のグッズ店や露店でも幾《いく》らでも手に入るけどね。一個千円」

「アメリカなら五〇セント——日本はインフレだな」

ハーレーから外谷さんが浮き上がって、シャーンの広げた両腕に落ちた。ネットの使い方も堂に入ったものだ。

「やるなあ」

アダムの声には混じりっ気なしの賞賛がこもっていた。

「『スパイダーマン』大好きっ子でね」

「そうかい。だが、こっちはどうだ？」

頭上から眩《まばゆ》い光がシャーンを浮き上がらせた。

そちらへ眼をやった一瞬、黒いネットが外谷さんを掬《すく》い上げた。吊《つ》り上げられる途中で、シャーンは外谷さんのネットを放した。

頭上からは無音、しかし、シャーンの眼にははっきりと黒いヘリが映っていた。

「シコルスキーS - 55か——お約束のが出て来たな」

米軍の輸送ヘリとしては、最初期に開発され、朝鮮戦争で機内容積の大きさや、場所を選ばない離着陸性——使い勝手の良さが認められ、今なお——全世界で使用されているベストセラー・ヘリである。今回は無音処置が施《ほどこ》されているようだ。今、外谷さんはヘリの中であった。

「こっちの網《ネット》はもっと高価で強い。あばよ」

排気音を残して、アダムとハーレーはビルを下っていく。

それを見下ろしながら、しかし、シャーンはまたも頭上を見上げた。

「金はあるが、〈新宿〉知らずめが」

彼は右手を上げた。人さし指に嵌《は》めたリングには、ある生物を刺激する電磁波発生装置が仕込まれていた。

半透明のゼリーを思わせる物体が数百数千の単位で押し寄せて来たのは数秒後であった。

他の生物の全てを餌《えさ》とする食肉飛行体は、全身から青白い電磁波を放射しながら、ヘリとシャーンめがけて急降下してきた。

シコルスキーの機体から銃火が迸《ほとばし》った。輸送用ヘリだが、ローターの後部に、二連装のM二一二・七ミリ＝ブローニング機関銃の銃座が設けられている。後は開け放しのドアから射ちまくられるM249SAW支援機関銃二基で、五・五六ミリ弾はM2の四分の一程度のパワーしかないが、〈新宿〉で物を言うのは、必ずしもパワーではなかった。

ちぎられた食肉飛行体は、たちまち復活して攻撃を受け、M249の小弾頭を受けたものは一瞬のうちに炎に包まれた。弾頭内にニトロとテルミットを含む燃焼化学弾である。〈魔震《デビル・クエイク》〉からX年――在日米軍も進歩しているのだ。

不意にローターの動きが鈍《にぶ》った。回転翼に、おびただしい飛行生物が貼りついたのである。最初根元に付着したそれは、翼の半ばから先端に尋常ならざる重みを加え、モーターを焼きつかせるのだ。

それでもヘリは、黒煙を噴《ふ》きつつ〈早稲田〉方面へと向かっていく。

「ヤバ」

シャーンがはじめて緊張の詰まった声を上げた。

「このままだと、あのヘリ、〈亀裂〉へ落ちるぞ」

三〇分後、シコルスキーの落下地点に、〈新宿警察〉のパトカーと〈救命車〉が並ぶ中、〈区長〉の専用車が駆けつけ、梶原が降りて来た。

〈署長〉とせつらが迎えた。

シャーンが〈警察〉へ連絡し、〈新宿〉一の情報屋にして名物の遭難と聞いて、〈区長〉に伝わったのである。

「米軍が絡《から》んでるそうだね」

開口一番梶原が喚《わめ》いた。〈署長〉が重々しく、

「そのようです」

「アメリカ政府の〈新宿基地《ベース》〉の反応は？」

「知らぬ存ぜぬの一点張りですな」

「ヘリは米軍のものだろう？」

「一週間ばかり前に、厚木《あつぎ》から盗まれた品だそうです」

「そんないい加減なのか、米軍は？」

「こちらには証拠がありません」

梶原は拳を左手の平に打ちつけ、

「〈新宿基地〉を徹底的に捜索したまえ。何も見つからなくても言いがかりをつけて、責任者を勾留《こうりゅう》するんだ」

「首相官邸と外務省の方から、何か言ってきますが」

「構わん。ここは〈新宿〉だと言ってやれ」


「承知いたしました」

署長の眼には、梶原を見直した風の光が宿っている。〈新宿〉は基本、国の法律には従うが、それ自体は明治時代の外国大使館のごとき〈治外法権〉地帯なのだ。〈外国基地〉の存在を認めているのは、その土地使用料——つまりショバ代が目的で、一切《いっさい》の特権は認めていない。

〈新宿〉で死亡した米軍人は全て死に損なのだ。

梶原はここで夕暮れの光の中にも黒々と開いた〈亀裂〉を見据《みす》え、

「よりによって、いちばん厄介なところへ」

とつぶやいた。罵《ののし》りになるのを間一髪で抑えたのである。万が一、生きて帰って来られたら危《やば》い、では済まされない。

「救助隊はどうする？」

「すでに〈特別レスキュー〉の準備が出来ております」

「よろしい。すぐ救助に向かわせたまえ」

「それに関してですが――異論を唱《とな》える者がおりまして」

「逮捕してブチ込め」

「無茶言うなよ、おっさん」

梶原はふり向き、眼を細めた。カワサキのバイクしかないのに気がついたのである。訝《いぶか》しげに元に戻すと、

「これまでの救助隊がどうなったか知ってるだろ。ここはおれに任せな」

またふり返った。しなやかな黒つなぎの若者が立っていた。バイクはない。

「おれはシャーン、外谷さんの息子だ」

そこにいる全員と通りかかった猫までがふり返った。ここ数年の『〈新宿〉びっくり発言』を選ぶとしたら、間違いなくトップ当選だ。

「外谷さんの息子？　にしてはまともだ。証拠でもあるのかね？」

剛胆をもってなる署長の声もやや上ずっている。


警官たちは全員、ぽかんと口を開けっ放しだ。

少し頭を巡《めぐ》らせれば、バイクが化けたと分かるだろうに、シャーンの発言はそれほどのショックを与えたのだ。

「証拠なら、母のお尻の右側に残ってる火傷《やけど》の痕《あと》だね。三歳のとき、頭を踏んづけられたのを怨《うら》んで、同じ日に火をつけてやったのさ。いい匂いがしたよ。けど、あれは脂身《あぶらみ》の匂いだ。母はそれで出来てるんだ。あの匂いを嗅《か》いだお蔭《かげ》で、おれは変身能力を授《さず》かった」

どこから考えても嘘《うそ》っぱちである。しかし、〈新宿〉の住人たる人々が、誰ひとり疑わなかったのは、外谷さんという素材のせいだ。つまり、何やらかしてもおかしくないのである。

「母の性癖《せいへき》なら誰よりも知ってる。〈亀裂〉の中でも、しっかり生きてるさ」

梶原の眼が光った。

「ほう、それほど自信があるのなら、君が救出に向

かったらどうだね?」

「そのつもりさ」

シャーンの口調は、煽《あお》られた結果ではなかった。

「――ただし」

「安心したまえ。護衛役として、〈新宿警察〉選《え》り抜《ぬ》きの〈機動警官〉一〇名をつけよう」

「邪魔邪魔」

「なに?」

梶原ばかりか、〈署長〉以下の警官たちも眼を剝いた。

「無駄な人死《ひとじ》には避けようや、〈区長〉さん。その代わり――」

「むむ」

何かを予想した梶原が身構える。

「母を救出したら、報酬を貰《もら》いたい」

「な、何を言う。自分の母親を助けて、金を出せという息子が何処にいる?」

「こここここ」

シャーンは胸を叩いた。

「一〇億でどうだい?」

「じゅっ一〇億? ば莫迦《ばか》な」

「そんな眼を剝くほどの大金かよ。あんた方だって、母の〝情報〟で生命《いのちびろ》拾いしただろうが。例《たと》えば〈区外〉の『四菱《よつびし》商事』倒産のとき、〈区長〉さんは寸前で株を売り払って事無きを得たって聞いたがね」

「むむむ」

「そっちの〈署長〉さんは、子供が『歌舞伎町マフィア』に誘拐されたとき、母から聞いたアジトを襲って、無事救出できた――そうだろ?」

〈署長〉は歯を剝いたきりである。

「というわけで一〇億――安い安い」

「よかろう」

梶原がうなずいた。こういう場合は意外と潔《いさぎよ》い。反対勢力から叩きに叩かれながら、長期に亘って〈区長〉を続けていられるのも、これがあるからだと言われている。

「外谷さん——というか母上を救出できたら、その場で一〇億。しかし、真面目《まじめ》な話、無事だとの確信だけでは、自分の生命まで危《やば》いぞ」

「ま、任しとき」

「契約書は作らんでいいのかね？」

梶原の訝しげな表情の前に、シャーンは右手を突き出し、広げて見せた。直径一センチもない銀色の円盤が乗っている。

「みんな録音させてもらったよ。内容はおれん家《ち》のPC《パソコン》に送信してある。後でゴタつくのはお互いご免だろ？」

「任せたよ」

梶原の眼前で、爽《さわ》やかとさえいえる笑顔が、〈亀裂〉の柵の方へと走り出した。

寸前でジャンプし、乗り越える——

それがバイクに見えて、梶原、〈署長〉以下全員が眼を剝いた刹那《せつな》、外谷さんの怖《おそ》るべき息子は地上から消失していた。


「うーんうーん」

とてつもなく苦しそうな呻き声が頭の中に響き渡って、外谷さんは眼を醒《さ》ました。

「誰だ、今の声は？　うるさい奴め」

そこで自分の呻きだと気がついて、周囲を見廻した。

「ありゃりゃ」

自然に口を衝《つ》いた。眼を丸くした。

両手両足で一本の太い骨の棒を抱いている。縛《しば》りつけられているのだ。

「これでは焼き肉ではないか。下ろせ」

と喚いたところで、お尻の方が熱を持っているのに気がついた。

「火がついているな。危ないのだ」

ジタバタしても縄は切れず、お尻の熱も引かない。

周囲には石の祭壇みたいな代物《しろもの》と石柱が右方に六本ほど揃《そろ》っている。左には――

「ららら」

毛皮を斜めにかけた男女が百人も並び、じっとこちらを見つめていた。

どの顔も歴史の本に出てくる旧石器時代人――ネアンデルタール人かそれ以前の人類に酷似《こくじ》し、手にぶら下げた棍棒《こんぼう》やら動物の大腿骨やらは、それなりの武器になりそうだ。

〈亀裂〉へ落ちてから約二時間と体内時計は告げている。その間、失神中に、こいつらに発見され、縛り上げられ、どうやら焼き肉にされかけているようだ。

「どいつもこいつも、なぜあたしの肉を食いたがる?」

ぶつぶつ言った途端、原始人たちにどよめきが広がった。

「シガナレタ・ドモコ・ゴホホホホ」

さすがの外谷さんもここまでの情報は及ばず、こいつら何言ってくるかと考えていると、中のひとりが前へ出た。

「あれ? ゴリイチではないか」

SMクラブで痛めつけてやったゴリラ男であった。

だが、そう都合よくいくはずもなく、そいつは列から出ると、外谷さんの方を指さした。

「レタンマ・ベラベラ・ウマイゾ」

と叫んだ。最後だけわかった。ついでに正体も。

〈亀裂〉内に〈新宿〉のものではない超太古の遺跡や生物が残存していることは、周知の事実だ。世界中の考古学や、人類学の泰斗《たいと》が引きも切らずに訪れ、今も〈新宿〉に莫大《ばくだい》な富をもたらしている。古《いにし》えの建物は、〈区〉の倉庫に収められ、一年の貸出料はツタンカーメンの数万倍にのぼる。黒い噂《うわさ》だが、確保された原始人たちは、何人かがこっそりと〈区外〉の大学に売り飛ばされて、人体実験に供

され、その売り値も天文学級とのことだ。

エジプトのある学者は、

「〈新宿〉のお蔭で、世界の考古学、人類学は従来の百万年分の研究成果を上げた」

と国連で演説し、梶原を喜ばせた。

〈亀裂〉内の遺跡や人々は、そのほとんどが〈区〉の良識派や〈区外〉の文化人たちの配慮で、原状に復しているが、〈亀裂〉の奥には、なおも地上の人々の理解を超えた世界が存在しているのも確かなのだった。

「ゴウゴウ　パクパク」

とゴリイチに似たリーダーは外谷さんを指さし、全員がおおと声を合わせた。

——他に食べるものはないのか、お前らは？

こう思いながら、

——困ったものだ
と外谷さんは顔をしかめた。とりあえず打つ手がないのだ。


ゴリイチが何か叫ぶや、ひとりが松明《たいまつ》を手渡した。

外谷さんには見えなかったが、尻の下には薪《まき》が積んである。

「ケツルチヒ」

と叫ぶやゴリラ男は手の炎を薪に移した。

ぼおと炎が上がり、興奮の雄叫《おたけ》びも上がった。

お尻が燃えている。

「ひええ」

と外谷さんは叫び、思い切りお尻をふった。

当然というか、おまえたち原始人はこうなるとわからなかったのか、という風に、外谷さんを吊っていた骨は折れ、外谷さんは炎の中へ落ちた。

凄《すさ》まじい火の粉は、原始人たちを恐怖させるどころか、さらに興奮させた。思ったより早く、旨《うま》い肉が食える、と。

「ひえええええ」

と外谷さんは叫び、不意に途切れた。

炎の中で、正《まさ》しく炙《あぶ》り肉になりそうなところを、誰かが襟《えり》を摑んで引きずり出し、原始人たちと反対の方角——遺跡の奥へと引っ張っていったのだ。

「むむ、やるな」

自分を知っているから、外谷さんも少しは驚き、感心したようだ。これは力持ち、と。

原始人たちの怒りの声が、ようやく上がったとき、外谷さんはすでに遺跡の奥の奥に引きずり込まれていた。

運んで来た人影は、ここでほっと息を吐《つ》き、

「ここなら安心だ」

と言った。若い男の声である。外谷さんの得意対象だ。

第四章　地底のおかしな聖餐《せいさん》

1

原始人と同じ毛皮の衣類に包まれているが、顔立ちは現生人類だ。

かなり広い洞窟《どうくつ》には、何処《どこ》から運んで来たものか、スチールのデスクと椅子《いす》、本棚が並んでいた。棚はかなりの数の書籍で埋もれている。

「んー？」

外谷さんの眼を引いたのは、奥の汚れたベッドのかたわらに立てかけられたAK47ライフルであった。傷だらけだが、ひとめで現役と知れる。洞窟のあちこちに、装塡《そうてん》済みのバナナ弾倉《マガジン》を六本ずつ詰めた戦闘用ベストが引っかけられ、弾薬箱とその上に、H&K《ヘッケラー・アンド・コッホ》やコルトガヴァメントが並んでいた。

「いつでも闘《たたか》ってやるの雰囲気だわさ。あんた世捨て人の傭兵《ようへい》？　世をすねた隠者《いんじゃ》や〈亀裂〉で研究する学究の徒じゃないわよね」

「さすが〈新宿〉一の情報屋の眼は確かだな。世をはかなんだPMCの社員だと思ってくれ」

「ふむふむ——『民間軍事会社《プライベート・ミリタリー・カンパニー》』なら〈新宿〉に幾《いく》つも入っているが、おまえは西織春馬《にしおりはるま》。米国籍の『ガンナー&ガーディアン』の元社員だ」

「おいおい、四年前に逃げ出した元社員の名前と顔まで覚えてるのか？　こいつぁ驚いた」

「ふっふっふ」

低く笑って、外谷さんは両腕を廻《まわ》し、腰を左右に捻《ひね》った——らしい。腰の位置が不明だ。それから、

「どっこいしょ」

と四股《しこ》を二回踏んで、

「オッケ」

とうなずいた。

「大体のところはわかるが、事情を説明してもらおう」

こう言うと、相手——西織春馬は現役離脱四年目

でも充分精悍《せいかん》な顔を困ったように崩して、

「説明してもらいたいのは、こっちの方だ。まさか、〈亀裂〉の情報を集めに来たんじゃあるまい」

「これこれしかじかなのだ」

外谷さんが一部始終を明かすと、西織はしみじみと外谷さんを見つめて、

「うーむ。そっち系の連中には、かけがえのない存在かも知れんな」

「何か楽しそうだが」

「いや。あいつらの人肉食は宗教上の理由に基《もと》づくものだ。今頃は眼の色を変えて、あんたを捜《さが》してる。骨ごと丸齧《まるかじ》りにするまで諦《あきら》めんぞ」

外谷さんは溜息《ためいき》をついて、

「変態どもめ」

と言った。西織は奥の調理台らしいところへ行って、

「いまコーヒーを淹《い》れる。ほとぼりが醒《さ》めるまでここにいろ」

「NOなのだ」

「どうして？」

「まず、あんたの正体が、ここへ下りてくるまでしかわからない。何をして暮らしているのだ？」

至極《しごく》当然の質問に、西織は肩をすくめた。

「上の世界が嫌になってな。四年前の調査団のガードマンを買って出て、それからここにいる。訳が分からないが、それなりに面白いところだ」

「それこそ訳がわからないのだ。〈亀裂〉の内部はいまだに調査の光が殆《ほとん》ど届いていない。〈第一級危険地帯《ファースト・デンジャラス・ゾーン》〉――FDZより危ないという奴《やつ》らも多い。ところが、ここで暮らす一般人の数は、〈区〉が把握している数よりずっと多いのだ。どうやって生計を立てている？」

「さて、な」

「最も手っ取り早いのは、遺跡の売買だが、それだとすぐに足もつくし、上での取り締まりも厳しい。それにここには、そういった品がひとつもない。食

料の確保はどうしているのだ?」

「そんなにおれのことが気になるのか?」

「ああなのだ。あたしを助けた理由もだ」

「尻が痛くないか?」

西織は視線を奥へ注いだ。

「大丈夫。珠《たま》の肌には液体装甲《リキッド・プロテクター》が塗ってあるのだ。火炎放射器も平気なのだ」

勿論《もちろん》、嘘《うそ》っぱちである。

「それは良かった。ま一杯飲《や》ろ」

隅《すみ》のタンクのところへ行って、金属製のカップに水を入れ、棚の木函《きばこ》から丸薬《がんやく》を取り出して戻った。

「ま、一杯」

「水?」

外谷さんは露骨に眉をひそめた。

「そこに酒あるじゃん」

と指さした先の凹《くぼ》みに、サントリー・オールドの瓶《びん》がある。

「失礼」

西織は瓶とグラスを持って来た。

「グラスはいらないのだ」

瓶を受け取り、たちまち半分空けてしまった。

「いけるねえ」

感心する西織へ、

「食料は何処にある?」

と外谷さんは訊《き》いた。

「ここには缶詰ひとつ見当たらない。実はここへ来る途中、おかしなものを見てしまったのだ」

「——何をだ?」

西織は固い声で訊いた。

「少し離れたところに積んであった骨の山だ。動物のものもあったが、殆どが人骨だ。それも牙の痕《あと》やナイフで肉をこそげ落とした痕もある。あれは、おまえの仕業《しわざ》だな」

「おかしなことを言うな。あいつらだと思わないのか?」

「ここなら安全だと言ったな。そこにあいつらが骨を捨てに来るものか」

沈黙が落ちた。

やがて、西織はしゃがれた声で低く、

「ここは棲《す》むのにいい土地だが、食料に乏《とぼ》しい」

と言った。

「少し上に観光客や調査団用のコンビニがあるだろが。『ローソン』と『セブレブ』と『ファミマ』。『ミニ＝ストップ』もあるでよ」

「『マクド』も『スタバ』もな」

西織の唇の両脇が、きゅうと吊《つ》り上がった。

「だが、そこの商品ではおれの飢《う》えは満たせん。おれがここへ来たのは、自分の意思だが、すぐに食糧は尽きた。コンビニへ行けば、不法侵入者として警察へ連絡されてしまう。しばらくは、妖物や獣を食らっていたのだが、ある日、仲間割れで殺されたらしい原人の死体を見た。見ているうちに、なんだかムラムラしてきて、ここへ運んだ。腿《もも》の肉を焼いて口にしたら、これがイケるじゃねえか。それからやみつきになって、そうさな百人は食ったよ。そして、記念すべき百一人目があんただ」

「何が記念だ」

外谷さんは唇を尖《とが》らせて抗議したが、次の言葉はもつれ、丸い巨体は前後左右に揺れはじめた。

「むむむ、一服盛ったな」

呻《うめ》く顔は汗まみれだ。

「済まんが強力な麻酔薬でな。河馬《かば》でも一服でぶうぶうだ。安心しろ。眠ってる間に、心臓をひと刺しにして安らかにあの世へ送ってやる」

「礼を言うとでも思うのか」

外谷さんはヘロヘロと言った。眼は虚《うつ》ろだ。

「では、料理にかかろう。おまえなら一週間は持ちそうだ」

「むう」

西織は部屋の隅へ行き、刃渡り三〇センチ超のでっかいナイフを取り出した。力持ちがひとふりすれば、外谷さんと言わず、牛でも真っ二つだろう。

外谷さんはスチール台の上に押し倒された。

「まず、喉《のど》を掻《か》き切ってやる。その後で裸に剝《む》いて、バラバラだ」

「むう。後悔するぞ」

「ああ、おまえの肉に中毒《あた》ったらそうするさ」

西織の眼は恍惚《こうこつ》とかがやき、ナイフは感動に震えた。単なる動物の解体と違って、何か性的な興奮に似た感情を喚《よ》び起こすものが、外谷さんにはあるらしい。

「やめろ」

「諦めろ」

ナイフはふり上げられた。

「何処を刺す気だ？」

「どてっ腹よ。脂《あぶら》がたっぷり乗ってるぜ」

「それは肉だ。あたしは固太りなのだ」

「やかましい」

笑い顔でふり下ろした。

ナイフは、ぶすりと鳩尾《みぞおち》のあたりに食い込んだ。


ん？　という表情が西織の顔を埋めた。

その顔面に、えい、と外谷さんの膝《ひざ》が食い込み、彼を三メートルも後方の石壁に激突させた。

尾骶骨《びていこつ》までつぶれ、血まみれの鼻から下を押さえた西織の前で、外谷さんはよいしょと起き上がって台から下りた。

「一円も払わず、他人《ひと》の肉を食らおうなんてふざけた奴め。あたしが肉を締めれば、ナイフなど一センチも入らないのだ」

あっさりとナイフを抜いて、その痕をぽんぽんと平手で叩《たた》くと、傷は跡形もなく消えた。

「この街の薬屋《ドラッグ》なら何処でも売ってる縫合《ほうごう》剤なのだ。地下にいる間に上は進歩しているのだぞ」

「その——ようだな」

西織は立ち上がった。ふらついている。顔の下半分はつぶれたトマトのようだ。

「だが、おれも地の底で、いろいろな品を開発したぞ。いま見せてやろう」

奥の岩壁にひとつ——大きな長方形の木箱がもたせかけてあった。腐り果てているが、どう見ても柩《ひつぎ》だ。

それが音もなく開いて、中には包帯だらけのチビ助が入っていた。どう見てもミイラだ。

「別の一族が神と崇《あが》めていた勇者のミイラだ。それとは別の一族がミイラ再生の妙薬と呪文を開発していた。おれは呪術師を脅して呪文を盗んだ。今、こいつはおれの命令に従う」

痙攣《けいれん》する手で外谷さんを指さし、

「殺せ」

と命じた。

ミイラが上体を立たせて起き上がり、柩から出て来た。手には数本の矢を握りしめている。

鬱陶《うっとう》しいらしく、顔の布に手をかけて剝《は》がした。

出て来たのは、意外と原型を留《とど》めた間抜け面であった。

外谷が眼を細め、さらに呆気《あっけ》——という感じで見開いた。

「——さっきのゴリラではないか⁉」

SMクラブでいびり抜いたゴリラ男——ゴリイチこと古賀雄一と瓜二《うりふた》つの原人であった。三段腹でパンツ一丁の短軀《たんく》によく似合っている。勿論、他人の空似《そらに》だが、案外、こいつがゴリラ男の先祖なのかもしれない。

西織は口の中でもごもごとその呪文らしきものを唱《とな》え、ひと声高く叫んで、外谷さんを指さした。

そいつは右手の矢をまとめて握るや、ゴッホゴッホと外谷さんの方へ突き出して、威圧を開始した。

しかし、それだけで踏み込んで来ない。

「どーした？　殺せ」

焦れた西織の叱咤《しった》にも反応はなく、ゆっくりと外谷さんの周《まわ》りを廻り始めた。

「ふふふ、怯《おび》えているな」

と外谷さんは含み笑いをした。

「遠世《えんせい》記憶という奴だ。おまえは未来の世界に転生し、〈新宿〉のゴロツキとして昨日、あたしに牙を剝いて、袋《ふくろ》にされた。その記憶が過去の脳にも宿っているのだ。おまえは一生、あたしには勝てないぞ」

猿人を凝視《ぎょうし》するメヂカラは半端ではなく、彼はたじたじと後ろへ下がった。下がりながら、手にした矢を投げた。どこぞやの調査隊の持ち物か自作であったろう。

それは信じ難い速度で外谷さんに命中したのである。

悲鳴を上げたのは、しかしゴリラ男の方であった。矢は刺さった。外谷さんのお尻に。外谷さんはこれも神速で反転し、お尻で受けたのである。

「ふんっ」

ひと声力《りき》むや、矢は抜け落ちた。どころか刺さったときと等しい速度で、ゴリラ男の喉元に襲いかかったのではないか。

矢鏃《やじり》ではないから、刺さりはしなかったが、モロに食らったゴリラは、完全にKOされた。

愕然《がくぜん》と立ちすくむ西織の方へ顔を向けて、外谷さんはにんまりと唇を歪《ゆが》めた。

「勝負はついたぞ。今度はおまえの番だ。この人食い野郎」

「ま、待ってくれ」

西織は後退した。

「あんたを食うつもりなんかなかった。考えても見ろ。脂身も多そうだし、年齢《とし》もイッてる。見た目はともかく、どう考えても味は悪い」

これは正論だが、この状況ではおバカもいいところの返答であった。

「大きなお世話だ」

外谷さんは完全に逆上した。

「不味《まず》いかどうか試してみろ！」

西織は怒号を暗黒の中で聞いた。硬いとも軟らかいともつかぬ物体が、眼鼻と口を塞《ふさ》いだからだ。

「むぐぐ」

と呻いたのが最後の声で、彼の意識は暗黒に呑《の》みこまれた。

「ほれほれほれ」

と彼の顔面を覆《おお》った尻を、ぐりぐりと動かしてから、外谷さんは離れた。

崩れ落ちた西織は完全に失神していた。顔は充血しきっている。

「またひとり、あたしのセクシーなお尻の犠牲者が」

芝居じみた口調で天井を見上げてから、外谷さんは失神中のゴリラ男の方へ行って、後頭部を蹴《け》とばした。

「ゴッホ」

気がついたゴリラ顔へ、

「おまえの主人は死んだ。おまえもああなりたいか?」

と大の字の西織を指さす。ゴリラは必死でイヤイヤをした。

現代語はわからなくても、外谷さんの行状で自分の置かれた立場は呑みこめたらしい。

「なら、これからはあたしの奴隷《どれい》として働くのだ。衣食住は保証する。この街が気に入ったのなら、仕事も斡旋《あっせん》してやろう」

ゴリラ男は、大きくうなずいて、胸を叩いた。任してくださいの合図《ドラミング》だった。

2

それから二人は地上行きのエレベーター乗り場へと向かった。

奇怪な遺跡や洞窟の間を縫って進むうちに、外谷さんは異変に気づいた。

静かすぎる。

遺跡は保存処置として、自動防御機構を施《ほどこ》してあるが、それ以外は住人の生活の場と認められている。

従って、種々雑多なざわめきや歌声、泣き声や、肉を焼く匂い、得体の知れぬ楽器の音、コーラスなどがあらゆる場所から近く遠く流れてくる。

生きるというのはそういうことなのだ。

それがない。

音も匂いも気配すらだ。

「何かあるな」

外谷さんはつぶやいた。ゴリラ男も用心深そうに周囲をねめつけている。

「これは只事《ただごと》ではないのだ。ユーイチ調べておいで」

「ゴッホ」

ユーイチと名付けられた原人は、両手で地面を搔《か》くゴリラに近い歩き方で、巨大な石像群の奥に消えた。

「どいつもこいつも、あたしのホーマンな肉体に眼をつけやがって。ただでひと切れも分けてやるものか」

自信プラス、ファイト満々である。

耳を澄ませ、気配に感覚を研《と》ぎ澄ませていると、

「ぎゃあ」

ユーイチの悲鳴が聞こえて来た。身も世もない絶望的な声である。

「危《やば》い」

外谷さんは声の方へと走り出した。いったん身内になると、放ってはおけないらしい。

五〇メートルほど西の一角である。例によって、原人とも猿人ともつかぬ奴らが、天井の鉄鉤《てつかぎ》からロープで吊るされたユーイチを囲んで、雄《お》たけびを上げている。足元には積まれた薪《まき》が炎と燃え、ユーイチはパンツも剝ぎ取られた素《す》っ裸《ぱだか》であった。

「あ。ホーケイ」

外谷さんは噴《ふ》き出すのをこらえた。原人たちが交互にユーイチの股間のものを引っ張ったり、ひねったりして遊んでいる。

「ゴッホ（やめてくれ）」

こんな悲鳴が聞こえるようだ。

「ゴッホッホ（ボクのぽこちんを慰《なぐさ》みものにしても、愉しくなんかないぞ）」

対して原人の方は、

「ウォッホウォッホ（いや、なかなか面白い。こんなにも伸び縮みするぽこちんは初めてだ）」

「ゴッホ（やめてくれ）」

「ウォーッホッホッホ（これなら尻の穴にも届くんじゃないのか。ひとりでしてみろ）」

そこでキューンと股間からアナルの方へ引っ張られて、ユーイチは悲鳴を上げた。

「これは面白い。もう少し見ていよう」

石柱の陰で、外谷さんはにんまり笑った。

「ウォッホ（ほら、もう少しで全部入るぞ）」

「ゴッホゴッホ（やめてくれ〜。ボクのは意外と短いのだ）」

「ウォッホ（いま切り取って、ポコチン・ステーキにしてくれる）」

「ゴーッホ（助けてくれえ）」

ついに外谷さんは噴き出してしまった。

一同の顔がこちらを向いた。食人の儀式のためか、異様なペイントを施した悪鬼の顔たちが。

「危《やば》い」

逃げようとしたとき松明《たいまつ》とナイフを手にした男たちに囲まれていた。

全員の口元から、ユーイチに数倍する涎《よだれ》がしたたり落ちる。

「あたしは、見てくれほど美味《うま》くはないぞ」

夢中で抗弁した。

「ほら、ぶよぶよしてるのは、おっぱいとお尻だけだし、食べても脂肪だらけだ。もっと栄養価の高い生《い》け贄《にえ》を捜せ」

「イイヤ、オマエハ充分ニ美味《ウマ》ソウダシ、腹ノ弛《タル》ミ具合モイイ」

リーダーらしい髭《ひげ》もじゃ男が流暢《りゅうちょう》な日本語を使ったので、外谷さんはびっくりした。原人が調査団と接触しているうちに、現代語を覚える例は多いが、外谷さんは別の意味で眼を丸くしたのである。

「あんたは甲斐敬一郎《かいけいいちろう》博士！」

どこか知的な表情が、激しく歪んだ。

〈亀裂〉捜索史上最悪の悲劇と言われる〈甲斐調査団人食い事件〉が起こったのは、二十数年前のことである。

まだ謎《なぞ》で埋もれていた遺跡調査の過程で、甲斐教授をリーダーとしていた一五名は、食人一族のミイラを復活させてしまい、全員がその犠牲になった。後の救助活動によって、甲斐団長を含む二名の死体のみ発見できなかったが、やがて人々は彼らの生死への関心も失った。

「無事だったが、人食いになったか」

外谷さんの声には、哀惜《あいせき》が感じられた。

「この地下に何十年も籠《こ》もっていれば、食べるものもなくなる。結局は最も数量の多い人肉が手っ取り早いってわけだな」

学者の成れの果ては返事をせず、外谷さんを指さすや、ひと声高く命じた。

襲いかかって来た。

「むう」

と腕まくりしたものの、多勢《たぜい》に無勢《ぶぜい》すぎ、外谷さんは捕まって、ユーイチと並んで吊るされてしまった。

「ゴッホ（お仲間ですねえ）」

「ゴッホ（うーさい）」

「ゴホホホホ（僕の言葉がわかるんですか?）」

「ゴホッホ（伊達《だて》に情報屋はやっていないのだ。前に地底人が地上を襲ったことがある。半日で撃退されたけど、そいつらの言葉を〈区役所〉のＡＩが分析した。そのデータを横流しさせたのだ）」

「ゴッホッホッホ（では、あいつらを説得してください。このままだと、食べられてしまいますよ）」

「うーむ」

外谷さんも頭を絞ったが、さすがにいい手は思いつかなかったらしく、うーむうーむと唸《うな》り続けていると、周囲が騒がしくなった。

「ゴッホ」

何かを予知したらしいユーイチがベソをかいた。

猿人たちの列を割って現われたのは、甲斐敬一郎だった。

「ちょっとお。まだ人間だろ。何とかしろ、こら」

と外谷さんは喚《わめ》いたが、もと学者は、虚ろ、というより飢えだらけの眼で外谷さんを見据《みす》えた。

「やはり、美味そうだ」

と舌舐《な》めずりするのへ、

「あたしは実をいうと固太りなのだ。全身の、ま、半分ちょいだ。脂肪なら、こいつのほうが多いぞ」

とユーイチの方を見る。

「脂肪など要らん」

と甲斐は重々しく言った。もと学者だけあって、言葉遣《づか》いも荘重《そうちょう》である。

「我々にとって必要なのは、上等の肉なのだ。肉こそが、地底での生活に唯一《ゆいいつ》の救いをもたらしてくれる」

「ゴッホゴッホ（そうだそうだ）」

とユーイチが喚いた。

「ゴホッホッホッホ（だから、ボクは助けてくれ。この女のほうが美味いぞ。量が違う）」

「黙れ、ケダモノ」

外谷さんは思いきり身をひねって、お尻をゴリラ男に叩きつけた。

「ゲエっ」

と白眼を剝いて大人しくなった。

「ぬはははは」

と大笑し、途中でそれどころじゃないと気づき、口をへの字に結んだ。

「どうしても、あたしを食べるつもりか？」

甲斐はうなずいた。

「正直、あまり美味くはなさそうだが、背に腹は替えられない。許してもらいたい」

少しは人間性が残っているようだ。

「誰が許すものか。いっぱい化けて出てやるぞ」

「そう言うな。君ひとりのお蔭《かげ》でみなが助かるのだ。きっと天国へ行ける」

「そんなところへ行きたくはないのだ。解放しろ。でなければ一生呪《のろ》ってやるぞ」

「ま、とりあえず眼の前の食欲を満たすことにしよう。おい」

足の下に薪が積まれ、ガソリンがかけられた。

「むむむ、本気だな」

この期《ご》に及んで、まさかと思っていたらしい。

「火を点《つ》けろ」

甲斐のひと声で、松明が宙を躍《おど》った。

「ああ、あ、あ、あ」

外谷さんがジタバタしてもどうしようもない速度であった。

凄《すさ》まじい響きが空圧《くうあつ》と化して一同の鼓膜《こまく》をつぶしたのはこのときだ。

固定されていない品——松明も薪も原人も甲斐もユーイチも、そして、外谷さんも宙に舞った。

何か巨大なものが——気配しかなかったが——この空間に攻め入ろうとしていた。

甲斐が叫んだ。

「もっと下のものだ」

「〈亀裂〉に松明を投げ込め。それからガソリンと硫酸だ」

甲斐の叫びは、たちまち消えた。

「ん?」

外谷さんは自分の位置を理解しようと努めた。いつの間にか、天井に貼りついている。縄も切れていた。

地上はわちゃくちゃで、ユーイチと甲斐の姿もない。巨大な気配に逃げまどうこともできず、吹きとばされ、岩壁にぶつかり、〈亀裂〉の方へ追いやられていく原人たちの姿があるばかりだった。

「みんな、攫《さら》われた。〈亀裂〉の底にいる存在が出て来たな。狙《ねら》いは狩りか」

〈亀裂〉に存在する生物については、今なお不明なものばかりだ。現在まで一万を超える生物——というより生命体が捕獲、採取されているが、〈亀裂〉観光のたびに、新種が発見されるという。今回の存在もそのひとつに違いない。危《やば》いのは只ひとつ——肉食らしいということだ。

「南無阿弥陀仏《なむあみだぶつ》」

とユーイチに両手を合わせ、それでオッケにしたらしく、

「さて」

とにこにこエレベーターの方へ歩き出そうとしたとき、その全身を黒いものが包んだ。

「ひええ」

とひるんだのも一瞬、生まれながらの闘争心に火が点《つ》いたか、

「この野郎」

と両手両足をふり廻したものの、相手は黒いだけで実態のない影様の存在で、そのくせ外谷さんをがんじがらめにする猛烈な緊縛力を秘めていた。

あっという間に外谷さんは〈亀裂〉の縁まで連れ攫《さら》われたのである。

「あらららららら——助けてえ」

叫ぶ声は絶望的だが、周囲を見廻す眼には、この期《ご》に及んでなお、助けが来ないかな——と窺《うかが》う気力が溢《あふ》れていた。この女は人生絶対肯定派なのだ。

その瞬間、下方から崖状面を駆け上がってきた銀色の塊《かたまり》がひとつ、黒い塊を突き破るや、外谷さんの襟《えり》を摑《つか》んで上昇に移った。

もう一度、塊を突破したのは、流線型をしたバイクであった。

「あーっ」

「そのとおり」

とバイクは答えた。シャーンの声であるが、耳元を走る風音にまぎれてしまう。

それでも勢いは熄《や》まず、外谷さんを救った地点から五〇〇〇メートル超といわれる〈亀裂〉の壁を、一分足らずで昇りきってしまった。

それでも柵を乗り越えたところでストップするや、

「あー、疲れた」

いつの間にか人型に変わったシャーンは、とがめるような眼で外谷さんをチラ見した。周囲に人影はないというより、ひと気のない地点へ出たのだ。

「何さ?」

大体のところを察して睨《にら》みつけると、嫌《いや》みったらしく、

「重かったなあ」

「余計なお世話よ。何しに来たのだ⁉　断わってくが、あたしが救出を依頼したわけじゃないから、謝礼はゼロだぞ」

「大丈夫。一〇億ばっちりさ」

「え?」

外谷さんの両眼が黄金色に染まった。

「あんたの救出代さ。〈区長〉さんが払ってくれる」

「なんであのケチがそんなに?」

「あんたはおれのママなんだ」

外谷さんの眼の玉がとび出しかかり、あわてて押し戻すと――ここが凄《すご》いところだが――平然たる表情で、

「オッケ」

と手を打ち合わせた。シャーンが、むむという表情になったのは、何を察したのか。

「何がオッケだ?」

「半分でいいぞ」

「何の半分だ?」

シャーンの眼線はせわしなく動きはじめた。

「とぼけるな。五億でいいと言っているのだ。安いものだろう」

「何言ってるんだ。〈亀裂〉の底でおれがどんな目に遇《あ》ったと思ってるんだ?　あそこは化物の巣だ

ぞ。そこを切り抜けて、あんたを助け出したんだ」

「自分も生きてるからいいのではないか」

外谷さんは口をへの字に曲げた。

「あたしは何回も吊るされ、火で焙《あぶ》られ、バラされそうになった。その恐怖は筆舌に尽くし難いのだ。二十貫は減ったぞ」

「尺貫法は昭和三三年でおしまいだ。おまえの何処が七五キロも減ったというんだ、アホ」

「あちこちよ」

と、ペチペチぱんぱん、腰や尻を叩きはじめた。

「やめろ、アホ」

とシャーンが喚いたとき、パトカーのサイレン音が近づいて来た。

〈亀裂〉から飛び出してきたバイクを見た目撃者が通報したらしい。〈区民〉なら放っておくから観光客だろう。

「お、また来た」

シャーンが、やっと笑った。

「おれには一〇億が入り、あんたはまだ狙われる。これでさよならだ」

「ふっふっふ。そんなにうまくいくと思うのか？」

「なにィ？」

外谷さんは、シャーンに近づき、ぐいと後ろから抱きしめた。

3

それから二日間、外谷さんに魔の手は及ばなかった。シャーンは約束どおり一〇億円を受け取って高笑いとともに走り去り、外谷さんは〈新宿警察〉の留置場に匿《かくま》われた。

「うちにいるより、ここのほうが、襲われたときの被害は〈区〉持ちになるのだ」

そのとおり、一歩外へ出ればアメリカ軍と結託した人肉供給部の魔の手はなおもその掌《たなごころ》に外谷さんを収めようと虎視眈々《こしたんたん》である。他にも人肉大好きの連中が、今度《こたび》の話を聞きつけて、肉切り包丁を磨いていないとも限らない。

「籠城」

と天井を指さして宣言する外谷さんは絶対に正しいのであった。

二日目の昼近く、昼食をパクついているところに秋せつらがやって来た。

この若者は特別らしく、ドアを開けるや看守は姿を消し、

「お邪魔」

と世にも美しい顔が入って来た。サングラスをかけている。

「むう。ぱくぱく」

と平らげ中の外谷さんへ、

「豪華だね」

と言った。

〈新宿〉の留置場の昼食はコンビニ弁当にお茶が相場だが、でっかい卓袱台《ちゃぶだい》に並んでいるのは、空っぽの大皿小鉢の一団であった。

「メニューは？」

と訊くせつらの方をちらりと見て、

「松阪牛《まつさかぎゅう》の霜降りステーキとハムサラダと牛タンスープと蕪《かぶ》の味噌汁《みそしる》よ」

「ステーキはレア？」

「うむ」

「厚さは三センチ？」

「いや、一〇センチ」

「ステーキとはいえない」

大皿は牛の片脚《かたあし》が載るくらいのサイズだ。

「サラダのハムは？」

「たった五センチ」

「牛タンスープの舌《タン》は？」

「丸々一本」

外谷さんは腹を抱えて笑った。自信満々である。

「今日いっぱいで出所すると聞いた」

「もっといたいけど、つかえてるらしいのだ」

「帰って無事か?」

「敵はまだあたしを食べようとしている。あいつらの親玉をつぶさない限り、狙われ続けるのだ」

「どうするつもりだ?」

せつらが半分面白そうに訊いた。こちらもただの美青年ではない。

「敵のトップをつぶしてくれる」

「アメリカだよ」

「この街へ来ざるを得なくしてやるのだ。フフフ。あたしの本職を忘れるな」

そこへ、署長が大あわてで駆けつけた。

外谷さん、にんまりと、

「どうしたのだ?」

「今、外務省の車が来た。アメリカの農務長官が、〈新宿〉へ行くと言い出して、スタッフをてんてこまいにさせてるらしい。あんたのせいだな?」

この男も事情は聞いているらしく、外谷さんを見る顔は、ボーゼンとしている。

「ふふふ、〈亀裂〉の生物から人体に途方もないプラス効果をもたらすホルモンが抽出され、〈区長〉がアメリカへ独占的に譲りたいと言ってる——こう流してやったのだ。〈区長〉もその気になってる」

「そんなホルモンがあるのか?」

「ない」

「バレたらどうする?」

「いろいろ情報操作はしてある。関係者はみな本当と信じているのだぞ」

「さすがだね——長官どのはいつ来るの?」

とせつらは署長に訊いた。

「明日にはアメリカを発《た》つそうだ」

「それはそれは。待ち受けているのが地獄とも知らず」

「むう」

と外谷さんが睨みつけたが、真実だとわかっているから、半分笑っている。

「腕が鳴るのだ。対アメリカ〜」

と叫んで天井の一点を指さした。

それから署長へ、

「あたしにガードマンをつけろ」

と言った。

「要人護衛室の江黒《えぐろ》誠《まこと》室長だ」

「いや、それは――」

「文句あるか?」

「前にも言われて、つけた。以来、彼はメンタルを病んで、今も完治してない」

「なら、治してやろう」

「勘弁してやってくれたまえ」

「ダメだ」

外谷さんは断固としてかぶりをふった。

「あたしのガードマンは、あの男と決めているのだ。逆らうと犯罪者の情報を揃《そろ》えてやらんぞ」

「わかった。呼んでくる」

もう河馬のひと声である。

やって来たのは、がっちりしているが、かなり小柄な男であった。

陰気な顔が、外谷さんを見るなり、生き生きとした恐怖の表情を灼《や》きつけ、ひっと呻いた。後じさる。

「完全に怯えてるな――わかるけど」

とせつら。署長が声をかける前に、

「怖い」

と壁に背をぶつけた。外谷さんを指さし、

「あの太った女が怖い。殺される」

「大丈夫だ」

と署長はなだめるように言った。

「ほら、よく見てごらん。普通の女性だ。怖くも何ともない。ほーれほーれ」

と外谷さんの前に来て、右手を顔前でふり廻す。挑発としか思えない行動であった。

「がおう」

と咬《か》みついた。

「おーっと」

署長はからくも躱《かわ》し、江黒室長へ、

「な、大丈夫だろ？」

何処が？　とせつらはつぶやいた。

引きつった表情でイヤイヤをする江黒へ、外谷さんはにんまりと微笑《ほほえ》みかけた。確かに愛のこもった眼差《まなざ》しではあるが、舌舐めずりしているのが問題であった。

「しっかりやってくれたまえ」

署長は怯えきった江黒の肩を叩いた。

これで終わりだった。

江黒は白眼を剝いて失神した。

「昔むかし、こいつに何をやったんだ」

せつらが訊くと、外谷さんは、

「フンだ」

とそっぽを向いた。

米農務長官メンズ・イーター氏は、翌日の午後三時成田《なりた》に到着し、その足で〈新宿〉へ向かった。政府からの出迎えは、ひとりもいなかった。超極秘の旅なのだ。車もアメリカ大使館さし廻しではなく、レンタカーである。

〈早稲田ゲート〉を渡り、真っすぐ〈区役所〉へ向かって——消えた。〈アメリカ大使館『新宿支部』〉が、位置確認用のドローンを同行させていたが、それも消えた。消失視点は〈大《おお》ガード〉の真下であった。

この情報を摑むや、

「外谷だな」

とつぶやいたのは秋せつらであり、

「〈新宿〉を危険に陥《おとしい》れる気か？」

とテーブルを叩いたのは、梶原〈区長〉であった。

翌日、メンズ・イーター長官は無事、同じレンタカーで〈区役所〉を訪問した。

眼は虚ろであった。

「あいつに会ったか」

と梶原区長は溜息をついた。

「あれは何だ？」

と世界最強の国の農務長官は、ぶつぶつと唇を動かした。

「あの女は——何者だ？　私は最恐の悪夢でも見ていたのか？」

「いいや、〈新宿〉の住人だ。お宅の人喰い組織に追われている。結果はどうなった？」

「——わからん」

「ん——？」

「とても恐ろしかったのを覚えている。私はもう元の自分と生活には戻れまい。あの女は悪魔だ。私は現実の悪魔に会ってしまったのだ」

「わかるわかる」

と〈区長〉は優しく彼の肩を叩いた。

「しかし、傷はないな」

「怖い怖い」

と繰り返す長官を見下ろし、

「精神的恐怖を与えられたのだな。気の毒に。しかし、このような効果を与えられるとは、是非《ぜひ》、〈区役所〉の保安課にも教えてほしいものだ」

それから、外谷さんの扱いはどうなったのか訊いても、「怖い怖い」ばかりで何も明らかにならなかった。

「これは〈メフィスト病院〉だな」

梶原は遂《つい》に最後の、最良の手を思いついた。

しかし、白い医師は、やや首を傾《かし》げながら、

「記憶が完全に失われている。この状態だと、無理矢理思い出させると、心肺停止するだろう」

「あんた以外に、そんな真似《まね》ができる者がいるのか？」

医師は答えた。

「このままアメリカへ帰すが良かろう」

と診断した。

「あたしの勝ちなのだ」

外谷さんがこう叫んだのは、その日の深夜、〈歌舞伎町〉のホストクラブ、「ハゲフグ」であった。

馴染《なじ》みの店である。近頃TVの「新宿ニュース」や日刊誌「歌舞伎町ペーパー」で取り上げられて、SNSでも、「店長は禿《は》げているが、いい店だ」と評判がいい。

「今日はアメリカ軍を撃退した記念日なのだ。さあ飲《や》れ踊れ」

威勢よくドンペリはまとめて四本頼むわ、チップだじょーと札束はバラ撒《ま》くわ、まことに最良の太ったお客さまなのであった。

〈歌舞伎町〉の夜は更《ふ》け、ホストたちは酔っ払い、外谷さんのスカートまくりも気にならなくなった頃、店長が挨拶《あいさつ》に来た。

「あら、禿河豚《はげふぐ》――今まで何していたのだ?」

外谷さんがゲップしながら、シーバスの空瓶片手にねめつけると、ずんぐりむっくりの高級スリーピースーツがまるで似合わない店長――江呂小路《えろこうじ》禿河豚は、いつもの、よおくいらっしゃいました、今夜もよろしく、の笑顔も浮かべず、外谷さんの隣に腰を下ろすと、妙に血の気の乏《とぼ》しい顔を歪めて、長い溜息をついた。

それが経営不振とか女に逃げられたとかの、現実的理由によるものではないと、たちまち見抜いた外谷さんが、

「どうかしたのか?」

と訊いてみると、

「道が出来ている」

とつぶやいて、フロントの方を見た。

「道?」

外谷さんの声が、やけに大きく響いたのは、BGM以外の音響が、ホストたちの空騒ぎはもちろん、酒を運ぶヘルプの足音もその瞬間に凍りついたためだ。原因は――江呂小路のひとことであった。

――憑《つ》かれてる

そんな声であった。

「道？」

これは外谷さんである。改めて、江呂小路店長は、

「――いらっしゃいませ」

丁寧《ていねい》に頭を下げた。ふさふさした髪の毛はもちろん鬘《かつら》だ。

「何の道よ？　出来てるって何？」

外谷さんの追及に、

「実は私――三年ほど前、イギリスのバーやクラブの視察へ行きまして」

素直にというか、黙っちゃいられないというふうに、ペラペラしゃべりはじめた。余程《よほど》溜《た》まっていたらしい。

イギリス本土の有名どころは押さえ、アイルランドへ向かった。秋の半ばで、荒涼たる土地を渡る風はすでに大量の冷気を含んでいた。

「ライドヒルって村にちっぽけな酒場があって、そこで五〇〇年も続いてるパブ――『黒鹿亭《くろしか》』というのが目的地でした。途轍《とてつ》もなく美味《うま》いビールを出してくれると有名で、観光客が引きも切らずに押しかける――ところが私の行ったときは、パブはやってましたが、客なんか人っ子ひとりいやしない。その土地みたいに寒々しい場所でした。それでも、バーテン――一〇〇近いんじゃないかと思われるよぼよぼの爺《じい》さんでしたが――はいましたし、ビールも出してくれました。味は期待通りでした。何杯か飲《や》ってるうちに、向こうが日本のお客さん、あんた鬘だねと言い出し、私もいやあバレたかと地肌を出して見せ、けっこう盛り上がったところで、この店がお茶ひいてる理由《わけ》を訊いてみたんですよ。そしたら、黙って私の後ろに顎《あご》をしゃくる。そこには窓があって、外の道が見えるんです。ええ、店の前を走ってる――方角から言ったら、東西を貫《つらぬ》くって線ですね。はじめて見たときは別段気にもならんかった。田舎《いなか》の村にゃ幾《いく》らでもありそうな、ただの道なんで

すよ。ただ、爺さんの顔つきが気になった。ちょっと前に日本でも流行《はや》ってた実話怪談――あれをしゃべくる怪談師とかいう連中、あいつらの話は全部人伝《ひとづて》で、実話なんかじゃありませんし、それを信じてないのは、顔見りゃ一発でわかる。ところが、その爺さんの表情と来たら、自分が見たとか、言い伝えを信じてるのレベルじゃなくて、もう心底震え上がってるとわかるんです。私のジョッキに注ぐビールのピッチャーは、ひびが入りそうなくらいガチガチぶち当たるし、眼なんかジョッキもあたしの顔さえ見ていない。外の一本道だけなんです。で、当然、ジョッキを押し戻して、こう訊いたわけですよ。『黒『あの道って何だい?』答えはすぐに来ました。『黒犬獣の道だよ』ってね」

爺さんの話によると、それはこの村が出来たときからある――つまり村よりも古い道なのだという。そして、今に伝わる名前どおり太古は人肉を食らう黒い犬――というより獣の通り道であった。

ライドヒルの村は、イングランドでの王権争いに敗れたドゥーナットなる亡命貴族が建設したものであった。

「爺さんによるとドゥーナットの家系には、一〇世紀頃から黒魔術を駆使する者が現われ、子供たちの失踪や奇怪な獣の跳梁《ちょうりょう》が伝えられていたが、具体的にどのような代物《しろもの》だったかは、明らかにされていないらしいんです」

「その道がどうしたというのだ?」

外谷さんが少しイラついた口調で訊いた。危《やば》いなと感じたらしい。

江呂小路は、両手で軽く頰《ほお》を叩くと、エントランスの方を向いた。

「今、店の前を、同じ道が走っているんです」

第五章　そこに、いるぞ

1

外谷さんはシートの上でのけぞり、すぐに立ち上がって、

「見てくるのだ」

と言った。

「およしなさい」

と江呂小路が止めた。

「どして？」

「黒い獣の道は、二〇世紀に入ってから一度も使われたことがないと爺《じい》さんは断言しました。何故《なぜ》かと訊《き》くと、こう答えました。黒い獣の好みの餌《えさ》が存在しなかったからだ、と」

外谷さんの眼が急に細くなった。何か思い当たったらしい。これまでの経緯《いきさつ》を考えれば、誰もがうなずくだろう。

「すると、あれ？　今この店の近くに、その餌がいると？」

江呂小路は大きくうなずいた。自信満々に見える。その代わりそっぽを向いていた。

「うーむ」

外谷さんは腕組みをして、眼を閉じた。

「それは誰だろう？」

空《むな》しい時間が過ぎた。

かっと眼を見開いて、

「獣の名前は？」

「ブデラ、とか」

外谷さんは眼を剝《む》いて、

「なんで獣の名前がブデラなのだ？　ラッシーとかリンチンチンとかシェーンとか、もっとカッコいい名前なんじゃないの？」

「いえ、ブデラ」

江呂小路は、今度は外谷さんの全身を凝視《ぎょうし》しながら、断言した。

「むう。それで、そいつを撃退する方法は？」

「それを訊《き》こうとしたところで、爺さん卒中《そっちゅう》の発《ほっ》作《さ》を起こしまして。いや、入院させるのに苦労しました」

「むう」

口をへの字に曲げるや、外谷さんは仁王立《におうだ》ちのまままた両眼を閉じた。

その脳に収まった情報量は、かつてドクター・メフィストが、

「『アカシア記録《アカシック・レコード》』に匹敵《ひってき》する」

と断言したという。

宇宙の始まりから終焉《しゅうえん》に至るまでの全記録が封印されているというこの超記録の概念は、一種のエーテルだとされていたが、現在では、宇宙に満ちる謎の物質「ブラックマター」の一機能ではないかとの意見が主流を占《し》めている。外谷さんは今それを辿《たど》っているのだろうか。

江呂小路以下のホストたちが、固唾《かたず》を呑《の》んで見守っているのは、それを意識しているからであった。


そのとき——外谷さん以外の全員が、全身を硬直させた。

「聴《き》いたか？」

ホストのひとりが、ぽつりと口にした。

「ああ」

全員が首肯《しゅこう》した。

鼓膜《こまく》を、獣の唸《うな》りが震わせている。

それも——飢《う》えと、それゆえの怒りに狂った唸り声が。

もうひとつ——足音が。店の外だ。獣の足音は、獲物に届かぬよう最も小さいのが当然だ。

だが——彼らにはわかった。

近づいてくる、と。

ホストのひとりが、悲鳴とともに立ち上がった。

「嫌だ、食われるのは嫌だ」

止める間もなく、エントランスへ向かい、ドアに体当たりした。

その姿が扉の向こうに消えた——と見えた刹那《せつな》、

凄《すさ》まじい悲鳴が店内へ逆流した。

「ぎゃあああ」

もうひとつ絶叫が上がり、いつまでも続いた。

みなが顔を見合わせた。外からのものではないと理解したのである。視線がシートの一カ所に集中する。

なおもぎゃあぎゃあやってた声の主も、ようやく一同の凝視《ぎようし》に気づいたらしく、

「あら」

と天井を向いて、ないことにしようとした。

外谷さんである。

その間も、外では肉を裂き骨を砕く凄《すさ》まじい音響が続き、不意に熄《や》むと、また足音が近づいて来た。

みなが店の奥へと避難し、ひと塊《かたまり》になったところで、

「手はないの、ハゲ?」

と外谷さんが訊いた。相手は江呂小路である。ホストたちと一緒に震えていたオーナーは、必死に頭を巡《めぐ》らせ、

「確か確か確か——」

足音はホールのドアの前まで辿り着いた。

ひい、と全員が身をすくませたとき——

「——そうだ！」

と江呂小路が右手をふり下ろした瞬間、

「——それだ！」

外谷さんも叫んだ。同時にドアが開いて、黒い風が吹き込んで来た。

ホストのひとりが、ぎゃっと壁に沿って走り出し、黒い風はそこに吹きつけた。

血煙とともに空中に舞い上がった首は、集団の真ん中に落ちた。悲鳴が上がった。首のせいではない。別のものに気づいたのだ。

彼らに最も近いテーブルの上に、そいつは固まっていた。黒い細毛とも霧ともつかぬもので覆《おお》われた胴体から突き出た頭部分の両側面に赤い点がかがやいていた。眼であろう。その下で三日月状の赤い線

が開いていった。血の口腔《こうこう》だ。上下の端の血まみれの先は——牙だ。

足は見えなかった。代わりに別のものが見えた。ドアから床を通過して、そいつの身体《からだ》の下に達する小石と草まじりの黒いすじが。

道だ。

そいつが向きを変えた。

「あら?」

外谷さんがふり返った。玄関へと向かう通路の途中だ。でかい尻がこっちを向いている。ひとりで這《は》って逃げようとしたらしい。

どんな獣のものとも異なる、しかし、獣としかいいようのない唸りを放って、そいつは床へ下りた。音は立てなかった。

「いいぞ!」

ホストの中から歓声が上がった。

「おれたちのところへ来るな」

声もなくそいつは宙に舞った。血まみれの牙が外谷さんの首すじを狙《ねら》う。

がちんと牙が鳴った。

「おお!」

ホストたちの歓喜の声は驚愕《きょうがく》のそれに変わった。

外谷さんが凄まじいスピードで逃げたのだ。

それも呆《あき》れたのか、立ち止まって凝視する先を、ゴキブリみたいな速度で疾走《しっそう》する。〈新宿〉名物の〈外谷ゴキ走行〉だ。

店を出た途端、バイクのエンジン音と銀色の車体が眼の前に来た。

「シャーン!?」

「救援代は高いぜ」

「なら、自分で走るのだ」

「何処《どこ》まで?」

「この道の果てまでだ」

「理由は?」

「そこにあいつの弱点がある」

「じゃあ乗ってったら?」

と尋《たず》ねるバイクを、じろりと睨《にら》んで、

「勿体《もったい》ないのだ。行くぞ」

言うなり速度を増したから凄《すご》い。小石など気にもせず進んでいく。その巨大な尻を追いかけながら、

「来たぞ」

とシャーンは叫んだ。

「むう」

外谷さんのスピードは三割増になった。

「追いかけて来ないぞ」

「ふふふ、あたしのスピードに度肝《どぎも》を抜かれたのだな」

「そうかね。この道どこまで続くんだ?」

「あたしの情報では――あら、とっくに切れてるはずだわさ」

沈黙。

「あ、間違えた」

「なぬ?」

外谷さんは急停止して、走ってきた方を見つめた。

「反対側がゴールだったのだ」

「――いい加減にしろよ」

「どうする気だ?」

「それは僕の質問だ、アホでぶ」

「言ったわねえ」

と腕まくりする外谷さんへ、

「来たぞ」

とシャーンが緊張で塗りつぶされた声を上げた。

「むむむ」

後方から赤い光点が近づいてくる。早いのか遅いのか。かがやきだけは増していた。

「戻るぞ」

外谷さんは断固として言った。自分のミスなど気にもしていない。他人のならシバき倒すだろう。

「了解。乗って」

今度は素直に、よっこらしょ、とまたがった。

「救助料よろしく」

「わかった。行け。このドけちバイク」

シャーンは勢いよく反転し、怖《おそ》れげもなく、近づいてくる凶物に突進した。

敵は足を止めない。

激突する寸前、バイクは宙に舞った。そいつの頭上を軽々と越えて背後に着地――疾走を続ける。すぐ道の端が見えてきた。

「あら」

「またか。どうした?」

シャーンも少しあわてている。

「行き止まりだぞ。ここは反対側の端っこなのだ」

「すると――見えない手で首を反対側にねじ曲げられたか。いや、この道は入ったものを離さないんだ」

「どうするのだ? ――あ、来た!?」

赤い光点が近づいて来る。これまでとは比《くら》べものにならないレイジ度の妖気が吹きつけて来た。今度は本気だ。


「逃げろ!」

と叫ぶ外谷さんに、

「道から出られないんだ。呪文でも妖術でも使って逃げろ」

「えーっと」

顎《あご》に手を当て記憶を辿りはじめた巨体が、斜《なな》めに傾《かし》いで走った。そいつがジャンプして来たのを、ゴキブリ走法で躱《かわ》したのだ。

シャーンとそいつを置き去りにしての疾走は、大したスピードだったが、道から出られない以上、すぐに最後は来る。

ついに二度目の端っこにぶつかり、

「危《やば》いのだ」

と呻《うめ》いた瞬間、その身体は、またもとびかかって来たそいつの鼻先をかすめて空中へ舞っていた。

どてんと道の横に落ちたとき、外谷さんは、

「違うのだ、ぶう」

と叫んだ。彼女の頭には、せつらの妖糸が閃《ひらめ》い

たに違いない。だが、彼女とシャーンの前に立っていたのは、白いケープと、狂乱に精神をたぎらせた人間でも陶然《とうぜん》とせざるを得ぬ美貌《びぼう》であった。

「ドクター・メフィスト⁉」

そのケープの内側へ外谷さんを救った銀の針金を吸い込むと、

「秋くんに頼まれた。自分で赴《おもむ》くのは面倒だそうな。私が近くにいることは知っていたのだよ」

「メンドー⁉」

外谷さんが眼尻を吊《つ》り上げた。

「ヤローお返ししてやるのだ」

憤激に身を震わせる眼前を、白美の影が流れた。

「道が出来ているぞ⁉」

シャーンの声である。

獣はまだ諦《あきら》めていないのだ。

黒い影が網のように広がり、白への恨みを晴らすべくメフィストを呑《の》みこんだ。

その足下で鋭い音が〝道〟を叩《たた》いた。

黒いものが急速にすぼまり、身をよじるようにして、道の上に落ちた。

もうひとすじ——魔の道と直角に交わる新たな道の、その交点へ。

必死に起き上がろうとする身体へ別の影が躍《おど》りかかった。真紅の双眸《そうぼう》と牙を備えたものは、もう一本の〝道〟に潜《ひそ》む魔性《ましょう》であったものか。

影を切り裂き呑みこんだ影は、みるみる三人の前から消滅し、新たな道もその後を追った。

「針金の道だ」

とシャーンがつぶやいた。

消え去った新たな道は、その地面、路傍《ろぼう》の小石や草に至るまで細い鋼《はがね》の糸の作品であると、彼は見切ったのであった。

「感激します、さすがはドクター・メフィスト」

礼を言うシャーンのかたわらで、

「せつらは何処だ？」

外谷さんは地団駄《じだんだ》を踏んでいた。「面倒だ」に怒

っているのだ。

「どこかで笑っているさ」

とメフィストは応じた。

「おーい」

チビた影が走り寄って来た。江呂小路であった。

通りも周囲の店舗も普段の状態に戻っている。

「いなくなりましたかね？」

ビクついている。

「何とかね」

外谷さんはポンポン胸を叩いた。ゴリラの勝利のドラミングに似ている。

「あたしを食べようなんて、どんな化物でも百年早い。みんな返り討ちにしてやるのだ」

「まさか、イギリスからあんなものがついて来るとは思わなかった」

江呂小路も額《ひたい》の汗を拭《ふ》いてから、顔を見ないようにしてメフィストへ、

「あんな化物を斃《たお》せたのも、ドクター・メフィストならでは」

と呻くように言った。その後ろで外谷さんが、取り出したパフで頬《ほお》をはたいている。全てあたしの力で幸せな終幕を迎えたのよ、という合図だ。

白い医師はかぶりを振って、

「君たちを助けたのは、この街だ」

と言った。

「私の針金細工は、あの道に侵入できるパワーに欠けていた。それを補ったのは、〈新宿〉そのものだ」

「へえ」

と外谷さんが、分厚い唇に赤いルージュを塗りたくりながらふり返った。

「ここどんな化物でも受け入れると思ったけど」

「あの〝道〟は、放置しておけば、幾らでも距離を伸ばし、枝道を造り、やがては〈新宿〉を細断しただろう」

「そうだ。あの酒場で聞いた伝説もそうだった」

江呂小路が叫んだ。

「〈新宿〉に礼を言いたまえ」

と、こちらを見るメフィストを無視して、

「とにかく食べられなくて済んだわ。神さまに守られてるあたし」

外谷さんは夜空に向かって片手を突き上げた。神さまにパンチを食らわせたと見えないでもなかった。

2

〈メフィスト病院〉の裏手にあるスタッフ用出入口で、白い医師はゆっくりとふり向いた。

「何の用だね？」

「予防してほしいのだ」

と外谷さんは巨大な胸を突き出した。

「風邪でもひいたのかね？」

「あたしを狙う食人鬼どもがいるのだ」

「私が出る幕でもあるまい」

「いつもならそう思うのだ。しかし、今回はいつまでたっても諦める気配がない。しつこい細菌のようだ。手を打たなければならない」

メフィストは少し笑ったようだった。

「手術に耐えられるかね？」

「勿論《もちろん》なのだ」

外谷さんは両手でドラミングを行なった。

「では、これからすぐ」

「よろしくよろしく」

外谷さんは両手を揉《も》み合わせた。ドクター・メフィストの手腕を信じているというより、自分にはどんな手術でも効く、ということだ。

超高価な霊薬でも、市販の風邪薬でも、同じ効果の人間がここにいた。

「では、こちらへ」

促すメフィストについてひと気のない廊下をのっしのっし歩き出す外谷さんを、シャーンは無言で見送った。

それでも、最後には、

「ただでさえ人間離れしているのに、今度はどんな存在になって戻ってくるんだよ？　きゃあ食べられるう～と逃げ廻《まわ》ってた方が、よっぽど人間らしいぜ、ドクター」

　ぶつくさ言いながら、夜間出入口に戻ると、いきなりスマホが鳴った。

「もしもしぶう」

「何だ、おまえ、手術の最中じゃないのか？」

「もう終わったのだ」

　別れてから五分とたっていない。しかし、執刀医はドクター・メフィストで、患者は外谷さんであった。

　こういうこともあるだろうなと思った。

「元気で何よりだ。達者でな」

「すぐに来なさいよ」

「――何でだよ？」

「生まれ変わったあたしを見てほしいのだ」

「ああ、そうかい。たぶん、見ても見なくても同じだ。元気でな」

「ちょっとお～」

と喚《わめ》く外谷さんを最後にスマホを切ってしまい、シャーンは病院を出た。


「――ったくもう。あたしの周りの男は、みなこういうとき、プレゼントを持って来てくれるのに、何よ、あのバイク野郎は？」

　悪態をつく口の中に、バナナが三本突っ込まれていた。病院からの見舞いである。

「さすがドクター・メフィスト、安物は使っていないのだ」

　悦《えつ》に入《い》っているところへ、当人が入って来た。

「経過はどうかね？」

「サイコー」

　常識的に見れば、術後数分で経過も何もあったものではないが、どちらもある意味この街の代表選手だ。

「具合はどうだ？」

「オッケ」

これで終わりとは、どのような手術をしたにせよ、あり得ない問答であった。

「敵はまだ諦めていないぞ。どうしても君の肉を貪《むさぼ》るつもりだ」

「まあ」

外谷は照れ臭そうな顔をして見せた。

「ふっふっふ。ドクター・メフィストの治療のお蔭《かげ》で、あたしは〈新宿一〉のバトル・ウーマンになったのだ。もうでぶだの、ぶぅだの言わせないぞ」

「それはまあ」

メフィストは何となく楽しくなさそうに言った。

「断わっておくが、今回の治療に基《もとづ》く戦闘能力は、君自身の本来持つパワーを軸にして、君に与えたものだ」

「ふむふむ」

「だが、君の潜在能力がそれを下廻った場合、力は急速にしぼんでしまう」

「むむむ」

外谷さんは口をへの字に結んだが、たちまち腹をぽんと叩いて、

「ふっふっふ。任しとき。私の地力より強い魔物なんて会ったこともないぞ。今までは逃げ廻っていたきりだけど、これからは敵を捕まえてみいんな唐揚《からあ》げにしてくれるのだ」

「ほぉ、唐揚げが好物かね？」

「あ、内緒よ内緒」

外谷さんは何故か真っ赤になり、唐揚げがこの無敵女の好物らしいのはわかった。赤面する理由は見当もつかない。

「とにかく、もう退院するのだ」

「今日一日の入院を勧《すす》めるが」

「病院なんて真っ平なのだ。仕事も整理しなくちゃならないしね。〈新宿〉全土が私の情報を求めてい

るのだ」

「それはわかる――では、行きたまえ」

「あら――冷たいぞ、ぶう」

外谷さんは不平面をした。


だが、ウダウダ言ってる場合ではなかった。

明け方の〈メフィスト病院〉を出てすぐ、一台の乗用車が、外谷さんを撥《は》ねとばしたのである。

「あら～」

吹っとんだ先には、でっかい航空貨物便用の袋を抱《かか》えた男が二人待っていて、外谷さんがとび込むや、素早く蓋《ふた》をして、当の乗用車の後ろにいた二トン・トラックに積み込んだ。水際《みずぎわ》立《だ》った対応といえるが、撥ね方からして絶妙の計算が働いていたに違いない。その証拠に、袋の中からは、

「こら、出せ。ぶうぶう」

と怒りの言葉と鳴き声が噴《ふ》き上がり、中身が無傷であることを証明していた。

「こいつは面白《おもしれ》え」

と男たちは顔を見合わせて笑った。

「こうしてやる」

と尻に当たる部分を蹴《け》とばす。

「むう」

「効かねえぞ」

「麻酔薬を射《う》て」

「象狩り用のしかねえぞ。効きすぎると死ぬぜ」

「そうなると思うか？」

「いいや」

男たちは声もなく笑うと、外谷さんのお尻に、太い注射器に入った薬液をワン・カプセル射ち込んだ。

少しして、

「駄目だ。効かねえぞ」

「そうだ」

とひとりが両手を打ち合わせ、

「河馬《かば》用のがあったろ」

これで万事解決という叫びを上げて、ひとりが別のカプセルをワンケース運んで来た。

「このヤロこのヤロ」

と交互に五本ずつ——十本射ち込んだ途端に外谷さんは盛大な鼾《いびき》をかきはじめた。

「しかし、凄《すげ》え女だな。人間なら百回は死んでるぜ」

「人間に見えるのか、お前?」

「ぶう」

と袋が鳴いた。

「怒ってるぞ」

「なぜわかる? ただの鼾かもしれんぞ」

「おれは信州《しんしゅう》の出でな。実家で豚を飼ってた。何かの拍子に怒らせると、今とそっくりな声を出して暴れたもんだ。そうなると手に負えんぞ」

「ふうむ」

片方も納得した。なおもごもご動く袋を見つめた。


何事もなく、〈弁天町《べんてんちょう》〉の目的地に着いたときは、二人とも汗びっしょりであった。

「〈弁天町〉商工会議所ビル」

の掲示板が嵌《は》め込まれた七階の一室へ運び込まれた外谷さんは、ようやく袋から出された。

さすがに薬が効いたらしく、ぶうぶうと寝息をたてている。

室内に数人の男女がいた。六〇を超したと思《おぼ》しい老人が、

「ご苦労さん」

と二人を労《ねぎら》ってから、かたわらのまだ一〇代の若者へ、

「これで賞品は出来た。あとの処理は伝えてあるな」

念を押すように言った。どこから見ても、商店会の親爺《おやじ》である。

「あいよ、パパ」

倅《せがれ》らしい若者はうなずき、奥のキッチンから、中年の婦人がトレイに人数分の湯呑《ゆの》みを載せてやって来た。中身は番茶である。

「どーも」

外谷さん袋を運んで来た二人がトレイから茶碗《ちゃわん》を受け取って、ひと口すすった。

「あー旨《うめ》え」

声を合わせる姿は、やはり商店会のおっさんであった。外谷さん誘拐の水際立ったやり口からはとても信じられない平凡な親爺たちとしか思えなかった。

どう頭をひねくり廻しても、外谷さん相手には尋《じん》常《じょう》に過ぎる。彼らには相手の正体と自分たちの幸運とが分かっているのだろうか。

それから、昼近くまで寝《やす》み、外がざわつきはじめたところで、

「そんでは、中身の確認を頼む」

誘拐犯のひとりが湯呑みを置いて、袋に近寄ると、口のロープをほどいた。

ぼでん、と外谷さんが現われた。

「あれま――違うぞ⁉」

と中年男が叫んだ。

「え？」

「人違いだ。似てるが――こっちはでぶ過ぎる」

「そう言えば」

と片方の誘拐犯がしげしげと外谷さんを見つめてから、一枚の写真を取り出した。

「あんまり太ってっから、確かめもしなかった。まさか、この女も〈メフィスト病院〉で検査を受けてるとは思わなかったぜ」

もうひとりが、

「――で、どうする？」

と聞いた。焦《あせ》りが声と顔に出ている。

数秒後、

「商品に出そう」

と中年男がうなずいた。

あとの二人も同意したが、若いのが反対した。

「危《やべ》えよ。いくら福引の賞品だからって、関係ない女《ひと》の肉を使うなんて。罰《ばち》が当たるぞ」

「〈新宿〉の住人が何こいとる？」

中年男が喚いた。

「罰だの罪だのいうのは、〈区外〉の話だ。今さら後には引けねえ。生肉賞品化計画は実行に移すぞ」

「おーっ」

と三人は右手を突き上げる中で、

「やめろって！」

若いのが叫んだとき、ノックの音とともに、五人ばかりの連中が入って来た。

「捕獲《ほかく》したのかね？」

ひとりが訊《い》いた。

「おお、それがそうだ」

中年男が外谷さんを指さした。

「それでは、『幸運の丸焼き』をやろう。準備は出来とるよ」

「おーっ」

「やめろって」

若者の制止も聞かず、みなで外谷さんを抱え上げると、部屋を出て行ってしまった。

「仕様がねえなあ――本物を連れてこねえとよ」

若者は後を追って部屋を飛び出した、
外谷さんを待っていたのは、宝くじの抽選会会場だった。

広い通りの片方に派手なセットが建てられ、一升瓶《いっしょうびん》だの、米俵《こめだわら》だの、昭和みたいな賞品が並んでいる。

まだうつらうつらしている外谷さんは、金紙で折られた安っぽい宝冠《ティアラ》を被《かぶ》せられ、真っ赤なガウンを着せられて、ひと際高い段の上に据えられた。

足下に、

「幸運を呼ぶ丸焼き」

と札がついている。

通りを歩いていた主婦とリーマンらしい男女が足

を止め、

「これが、幸運の丸焼きか？」

「らしいわね。商店会のＡＩが〈区外〉から選んだとっておきの賞品だってさ」

「やれやれ」

リーマンが首を捻《ひね》って、

「丸焼きって、どうやるんだ？　捕まるぞ」

「警察には話を通してあるそうよ」

そこへ、でっかい円筒が運び込まれた。底の方で炭火が燃えている。

「押し込めろ」

中年男——商店会会長が叫んだ。

上部の蓋が開き、これも運び込まれたクレーンが外谷さんを持ち上げるとお尻から円筒に下ろした。

3

「あ、つっかえた」

どよめきが上がった。またも、外谷さんのお尻が彼女を救ったのだ。

「いかん。火力をアップしろ」

「これで精一杯です」

「何とか焼いてしまえ」

そのとき、外谷さんが動いた。大きな欠伸《あくび》をして立ち上がろうとしたところで、状況に気づいた。

「何だ、これは？　何者だ、おまえたちは？」

そこで尻の火に気づいたらしく、円筒の縁に手をかけ、

「えい！」

と自分を持ち上げた。あっさり抜けた。凄い力だ。それから、何のつもりか、両足を合わせて、えいや、と前方へ伸ばした。体操の脚前挙《きやくぜんきよ》だ。決まった。

どっと拍手が湧く中を、外谷さんは片手を上げて、見物人たちに挨拶《あいさつ》し、ぴょんと台から飛び下りた。

ぱんぱんとお尻を叩き、責任者たちの方へ向かう。

「何があったのだ?」

と訊いた。

「い、いや、何でも」

「なぜ、あたしはここにいるのだ?」

「いや、道に倒れていたもので、ここで暖まってもらおうと」

その時点で、焼肉作戦は中止と決まっている。

「ふむ」

とさっきの筒をふり返り、ふむふむとうなずいた。納得してしまったらしい。恐ろしいことだ。まだ薬が効いているのかもしれない。

この間に、商店会のおっさんたちは、猛スピードで看板やら舞台やらの撤去にかかり、リーダーのおっさんが、

「これで一杯飲《や》ってください」

と厚めの封筒を差し出し、

「何だか知らないけど貰《もら》っとくわ」

外谷さんも満足して帰路についた。

しかし、足はふらつき、右へどてんとバーの看板を倒し、左にでてでんと商店のショーウインドーを突き破り、こりゃヤバいと通行人が震え上がったところへ、一台のバンがやって来た。

「んー?」

と目をショボつかせる顔へ、

「お乗りなさい」

とスライド・ドアを開けたのは、商店会で外谷さんを庇《かば》い続けたあの若者であった。

乗る——というより押し込むのに一分以上かかったが、とにかくドアも閉まって、バンは走り出した。

「何処行くの?」

外谷さんが訊くと、

「お宅へ送ります」

「ないぞ」

「は？」

「実はあたしには家がないのだ」

「はあ？」

これは本当である。外谷さんのオフィス〈ぶうぶうパラダイス〉の所在地は、外谷さん以外知る者はいない。いや、

「時々あたしにもわからなくなるのだ」

という談話が〈新宿日報〉に載ったことがあるくらいだ。

「じゃあ、どうしますかね？」

若者が首を傾《かし》げると、

「隠れ家《アジト》があるのだ――〈上落合一丁目〉の〈天金《てんきん》旅館〉へ行け」

命令口調である。頭の方が戻って来たらしい。

「了解」

と若者はハンドルを切った。その先に何が待ち受けているのか、薔薇《ばら》色の未来しか知らぬ若者には知りようもない。


目的地へ着くと、若者は眉を寄せた。

「ここ、割烹《かっぽう》旅館の跡ですよ」

かなり大きな和風の建物が、傾いた身体を蔦《つた》や枯木に覆われている。

まだ夕暮れには遠いが廃滅の色に閉ざされた宿兼料理屋は、ひどく暗鬱《あんうつ》に見えた。

「よいしょ」

と何とか駐車場跡のアスファルトに降り立つや、でんでんと朽《く》ちた門に近づき、

「えい」

蹴り倒して、玄関のドアまで突き倒してしまった。

「い、いいんですか？」

若者が眼を剝くと、答えず、暗い奥に向かって、

「いるわよねえ？」

断定的に訊いた。答えはわかっているぞ、という風だ。

奥の方から小さく、

「うん」

情けない声が、とろとろとやって来た。男だか女だかわからない。

外谷さんはハイヒールのまま、のっしのっしと奥へ踏み込んだ。床には埃《ほこり》が積もっている。足跡はない。

廊下を右へ曲がると、ガラス扉があり、

「お邪魔」

と引き開けた。

よれよれの半纏《はんてん》を被った天然パーマの男が、卓袱《ちゃぶ》台《だい》の前で、ラーメンをすすっていた。インスタント・スープの匂いが帳場に溜《た》まっている。カップ麺《めん》ではなく、直接、凹《へこ》みだらけの鍋からずるずるやっているのが、その姿をひどく貧乏臭《びんぼうくさ》く見せていた。

「相変わらずね。シノさん」

外谷さんが珍しく、明るく声をかけた。

ひとすすり、箸《はし》の麺を吸い上げ、男は外谷さんの方を向いた。

「んー?」

「ホンっとやる気なさそうね。ま、だから百年近く続いた店がつぶれちゃったんだけどさ」

容赦《ようしゃ》ない突っ込みも、シノさんと呼ばれた男には、さしたる衝撃を与えなかったようだ。

面倒臭そうに鍋と箸を卓袱台に載せ、半纏の前を合わせると、

「何だよ?」

と訊いた。

「薬打たれちゃってさ。ひと休みしようと思って来たのよ。あ、こっちは助けてくれた坊や。えーと?」

「丹下《たんげ》です」

と若者が一礼した。廃屋《はいおく》みたいな帳場を見る眼にはとまどいがあるが、そこは〈新宿区民〉、恐れてもいないし嫌悪感もない。

シノを見る眼に、記憶の光が点《とも》った。

「どっかで」

これには外谷さんが先に反応した。

「〈歌舞伎町〉の〃おかまの信《まこと》〃って知らない？

わかったでしょ、あいつの従弟《いとこ》なんだって」

丹下は手を打ち合わせて納得した。

「彼は篠崎《しのざき》信。ここを潰《つぶ》した三代目よ。ねえ、勝手に部屋使っていいわね！」

ＮＯと言える奴は〈新宿〉にもいない。

「ああ、使って」

とうなずいたところへ、半纏が着信音を立てた。のろのろと袖口《そでぐち》から取り出し、耳に当てると、

「――わかった。すぐ行くから」

かったるそうに言って立ち上がった。

「もうやってるの、下の？」

外谷さんが面白そうに訊いた。

「うん」

「じゃ、あたしも行くわ。入れてくれるわよねっ!?」

「ああ」

「よしよし――あんた、何処でもいいから勝手に入って、待ってなさいね」

と丹下に命じた。

「でも――連れてってくださいよ」

「あら」

とシノ――篠崎を見ると、

「いいよ」

ぼそぼそとOKが出た。どこまでも辛気臭《しんきくさ》さがつきまとう男であった。

「こうなったら、ひとりもふたりも同《おんな》じだよ。それに、下の連中、喜ぶかもしれないし」

「んじゃよろしく」

外谷と丹下は、篠崎の後について、帳場を出た。

丹下が小声で、

「ねえ、下って何ですか？　そこに誰かいるのかな。こんな荒れ果てた割烹旅館で、昼間からインスタント・ラーメン食ってる主人っておかしいです

よ」

　どこか逃げ腰のその腕に、がっちりとアーム・ロックをかけながら、

「いいからおいで。行きたいと言ったのは、あんたなんだからねっ」

「助けてくれ」

「それでも男か、情けない。しっかりついといで！」

「助けて、かあちゃん」

「やかましい」

　ぎしぎしいう廊下の端まで来ると、篠崎は、太い頬の表面に指を当てて、

「うふーん」

　姿からは想像もできない甘い声を出した。

　丹下がまた、

「助けてくれ」

と叫んだ。

　壁の一部が回転し、かなり奥行きのある空間を生み出した。

　三人が何とか入ると、壁はまた回転して、今起きた出来事を消し去った。

　ぎゅう詰めの空間はエレベーターであった。

　すぐに止まると、ドアはもっぺん回転し、三人を追い出した。

「えーっ⁉」

　丹下の声が、三人の眼の前にある光景を象徴していた。

　階段を三つほど下りたところが、だだっ広い——一流ホテルのロビー並みのひと間になっており、凄まじいロックが流れる多彩照明の下で、様々な服装の男女が絡《から》み合っているではないか。

　男と女——タキシードに蝶《ちょう》タイの中年男もいれば、ブラとパンティだけの女もいる。止《と》めは当然、全裸だが、絡み合っているのは、老若男女《ろうにゃくなんにょ》区別なし。正装の中年男と全裸の若者がキスを交わし、熟

女の裸体を、これも素っ裸の若い女と少年が責め抜いている。

大胆で恥知らずの行為の形は勿論《もちろん》、上がる声の淫《みだ》らさは乱れた合唱のように噴《ふ》き上がって、若い丹下を棒立ちにさせた。

空気には麻薬《ドラッグ》のような柑橘《かんきつ》類に似た香りが濃密にただよい、あちこちに塊を作っては、何処かにある空気清浄機の力で霧状に分解され、別の淫蕩絢爛《いんとうけんらん》たる場所へと流れていくのだった。

「ひょっとして――〈LGBT地下クラブ〉?」

丹下が虚《うつ》ろな声を絞り出した。

「当たり。あんたも聞いたことあるだろ? 〈新宿〉にいるビアンやゲイやバイセクやトランスが、こっそり集まって、好き放題する地下のクラブのことさ」

乱チキ騒ぎとしかいえない光景を外谷さんは、何処か楽しげに見つめ、

「ま、ここで一杯飲《や》りながら待つのだ」

と言った。

「いや、しかし」

「何かね、あんた、自分はまともな人間だって言いたいわけ?」

「ええ、まあ」

「〈区民〉?」

「いえ、三年前に越して来ました」

「この街には、性差別も区別もないのだ。みんなオープンに生きているのだ。何かトラブったら、それは個人の責任なのだ。あんたも行っといで」

いきなりホールへ突きとばされ、丹下はバランスを崩した身体を必死に元に戻そうと努めた。

その肩に、白い手がかけられた。

「え?」

ふり向くと肩越しに男が覗《のぞ》き込んでいた。

どう見ても、鬘《かつら》とつけ睫《まつげ》と白粉《おしろい》と口紅で出来た男が。

「わあ」

逃げ出そうとする若者の腕や服に数本の腕が巻きついた。

「やめろ、放せ！」

と喚く眼前に、声も恐怖も消えてしまうような美女の顔が現われた。

「――――」

「あたし、苑子《そのこ》。このクラブで歌っているの。ね、大人しく聴《き》いてくださらない？」

そう言って近づいて来た顔は、ほのかな香りを伴《ともな》って、彼の耳たぶを嚙《か》んだ。丹下は全身に震えが走るのを感じた。

「さ、いらっしゃい。まずはあたしが相手をしてあげるわ」

「待て！」

と青年は絶叫した。

「あんた――あんたは苑子じゃない。友子《ゆうこ》だ」

「何のこと？」

薄く笑った美女へ、

「人体改造で顔も身体つきも変わってるが、面影《おもかげ》は残ってる。おまえは、おれの妹の友子だ」

彼を取り巻く男たちの動きは止まったが、苑子の表情は不動であった。

「思い出せ！」

と丹下は叫んだ。

「おまえは一年半前に、行方不明になった。家の商売も家族みんなも嫌って自由な生き方をしたいと言っていたから、おれはあまり心配しなかった。生き方を選べるのは、〈新宿〉の特権だというくらいは知ってる。だけど、まさかこんなところに」

「過ぎたことは忘れたわ、みいんな」

美女は感情ゼロの声で言った。

丹下に美女の唇が重なった。

「兄と妹――これも〈新宿〉らしくない？」

男たちと妹に連れられた丹下が、奥のドアに消えたのを確かめ、

「さて、しばらく休むぞ」

外谷さんは、そばに立つしょぼくれた主人にこう宣言した。

「向こうでラーメン食べる?」

と篠崎は、しょぼしょぼの声で言った。

第六章　反撃するのだ

1

一時間ほどして、夕暮れが青く広がりはじめた街路を、外谷さんはでんでん、〈新宿駅〉方面へ向かっていた。

バスも地下鉄もあるが、外谷さんの移動は徒歩が原則である。急ぐときは前に倒れて、四《よ》つん這《ば》いで走る。

これが速いのである。他の通行人が、はっと気づいたときには、遥《はる》か彼方《かなた》へ太った水棲《すいせい》動物のごとき影が走り去るのを見送るばかりだ。

〈大ガード〉をくぐって、〈靖国《やすくに》通り〉へ入った。

すぐに左へ折れて、〈歌舞伎町〉へ向かう。すれ違う通行人が、風圧に押されて悲鳴を上げる中、〈ラブホ街〉の片隅《かたすみ》にある「クラブ・ウインザー・ナイト」に飛び込んだ。

キャッシャーの前で立ち上がり、茫然《ぼうぜん》とする係に、

「ミヤちゃんいる？」

と訊《き》いた。声に凄《すご》みがある。

「は、はい！」

直立不動のレジ係のかたわらに、奥から出て来たマネージャーらしい黒いタキシード姿が立った。外谷さんを見るなり、にこやかな笑《え》みを口元に湛《たた》えて、

「ようこそいらっしゃいました。ミヤちゃんは勿論《もちろん》来ておりますが」

「ますが、何よ？　あの子はあたしの専属じゃないの？　ペットよ」

「ま、そうなのですが、外谷様のお眼に叶《かな》うくらいの宝石でございますから、どうしてもという方々も多くて」

「何処《どこ》にいるのだ？」

外谷さんが腕まくりすると、飾りの鳩時計が、ぶうぶうと鳴きはじめた。

「す、少しお待ちください」

血相を変えた支配人が店内へ行きかける――その前を、四つん這いの影が走り過ぎた。

このとき、四人のギャルたちに囲まれていたミヤちゃん、全員にシャンパンを開けさせ、ぐびぐび飲《や》っていたが、風を巻いて出現した外谷さんを見た途《と》端《たん》に、

「ひい⁉」

と叫んで逃げ出そうとした、そのスーツの後ろ襟《えり》をぐわしと摑《つか》んで、

「こいつはあたしのペットなのだ。おまえたち――帰れ」

ギャルたちに宣言した。

「なによ、このぶでぶで女」

ひとりが眼を剝《む》き、

「ミヤちゃん――ホントなの？　だったら、あんたの趣味って最悪ねえ」

二人目が歯を剝いた。三人目は涙ながらに、

「嘘《うそ》だと言ってよ、ミヤちゃん」

四人目は最も度胸があった。

「出てけ、ぶでぶで女」

外谷さんの横っ面《つら》を、思いきりはたいたものだ。

「やーめろおおお」

とミヤちゃんが絶叫した瞬間、外谷さんが回転した。

巨大なお尻が風を巻いて、四番目のギャルを吹きとばした。

「出た。ボトム・クラッシャー」

とミヤちゃんが、恐怖と讃《さん》嘆《たん》にまみれた声を上げた。

回転するでっかい尻を相手に叩《たた》きつける外谷さんの必殺技である。その衝撃もさることながら、二次被害が凄《すさ》まじい。突《とつ》如《じょ》発生したハリケーンのごとく、卓上の瓶《びん》もグラスも吹きとび、氷どっさりのアイスペールにゲロさせられた第二のギャルは床の上にのびている。

恐れ慄《おのの》くギャルたちを見下ろしながら、いつの間にかテーブルの上に仁王立《におうだ》ちになった外谷さん、右の拳《こぶし》を高々と掲《かか》げて、

「完全勝利の外谷さん！」

と自分で叫んだものだ。

それから、すくみ上がったミヤちゃんに、

「あんたね、自分のご主人様が誰だかわかったでしょ？　今度、他の女の席についたりしたら、剝製《はくせい》にするからね——」

「ひええ、お許しを——今夜は僕が奢《おご》ります」

「オッケ」

あっさりとうなずき、ミヤちゃんの隣に腰を下ろした。ソファが急激に傾く。

「好きなものをお頼み——全部あんたの奢りね」

「トホホ、はーい」

シャンパンだ、オードだ、特上寿司《ずし》だ、ステーキだと運び込まれ、ミヤちゃんが裸踊りで座を盛り上げて、外谷さんひとり大喜び。ミヤちゃんのチンコの先を、箸《はし》でつまんで、

「やめて——」

「うるさい、踊るのだ」

腹いせの拷問《ごうもん》みたいな光景が続いていたが、一時間ほどして、

「新人の如蘭《じょらん》です——よろしく」

紹介する店長の背後に、長身の影があった。それは、ダークスーツの上で、凄まじい美貌《びぼう》が微笑ごと一礼してのけた。

怯《おび》えきっていたギャルと他の席の客たちが、感嘆の声を上げた。

外谷さんもそうなるはずが、平然としている。はるかに凄い美貌を知っているからだ。

しかし、たちまち満面喜色に染めて、ミヤちゃんのぴん伸びポコチンを、手首の動きひとつで結び、

「えい」

いきなり突きとばした。他のホストが駆けつけて運び去るのを見もせず、

「如蘭ちゃん、ここおいで」

と右隣のシートを叩く。

「よろしく」

営業用の甘え声丸出しで腰を下ろすと如蘭はすぐ水割りを作って、外谷さんに差し出した。ベテランとしか思えない、スムーズな作業であった。

「おまえも飲《や》れ」

「ありがとうございます。いただきます」

自分でこしらえた水割りも外谷さんに劣《おと》らず濃いし、一気に上げて息ひとつ切らさぬ飲みっぷりも文句のつけようがない。

「もうサイコーね、如蘭く〜ん」

外谷さんの両眼はハートマークである。

生死をかけた決闘でも見ているふうなお客とスタッフから安堵《あんど》の声が上がった。

「この水割りの水が1《いち》？」

「はい。ウイスキーが9ですね」

「やるう。あたしと対《ため》ではないか」

「はは」

よほどこの二枚目が気に入ったのか、外谷さんのピッチはどんどん上がり、ついにボトルが1ダースも並んでしまった。

「酒飲む女って嫌いではないか？」

「とんでもない。お酒が嫌いな人ばかりでは、お給料が上がりません。お客さまのような方は神さまです」

「はっはっはあ」

外谷さんは豪快に腹をゆすり、やがて、

「おい、太った女は嫌いか？」

禁断の問いを放ちはじめた。

「とんでもない。おいしそうです」

普通の男が言ったら、鉄拳制裁が待っているところだが、外谷さんはにこにこと、

「少しつまんでみる？」

「え？」

「ほれ」

と如蘭の右手を取って、自分の腹に当てた。

「ほれほれ、ぽんぽん」

とその手で腹を叩く。三段四段のお肉が愉《たの》しく揺れる。

「つまめ」

「はい」

如蘭が従うと、

「あんあんあん」

とセクシーな声を上げはじめた。

「食べてみるか?」

「はあ?」

と眉《まゆ》を寄せながらも、嫌悪の口調はない。

プロだ、と見守る全員が思った。

「よし、ではご馳走《ちそう》してやろう。これから家へ来るのだ。〈高田馬場《たかだのばば》・魔法街〉だ」

「それは困ります。勤務中は抜け出せません」

外谷さんは、じろりと店長を見やって、

「借りてくけど、いいわよね⁉」

と凄んだ。

「はいはいはい。もうお好きなように」

「んじゃよろしく」

立ち上がった外谷さんは、内ポケットからブラックカードを一枚取り出し、

「今度来るまで好きなだけ使っていいのだ」

と言い捨てて、テーブルに置いた。

二人が去ってから、スタッフも客も集まって、

「凄《すげ》えや、DAMEX《ダメックス》のブラックカードなんて、夢でも見られると思ってませんでした」

とミヤちゃんがためつすがめつし、

「店長――好きなだけ使っていいと言われましたよね?」

別のホストが、

「使っちゃいませんか? おれ、フェラーリの最新タイプが欲《ほ》しいんです」

「小物だな、おまえら」

と店長は言った。

「え？　もっと凄い買物ＯＫなんですか？」

「おれの前の店長が、やはりそのカードで買物ＯＫと言われ、ジェット旅客機を買って、航空会社をはじめた。資本金もそのカードから出た」

「………………」

「ところが、一年後に、そのジェット機が会社に墜落、居合わせた連中は、一〇〇〇人超死亡した」

「意図的なもんですか？」

いつの間にか、みんなが外谷さんの去って行った方角を見つめていた。

「返事はできん。想像しろ」

こう言ってから店長は、

「おれの知ってる安全最高額は、五億円だ。今日もそう打ち込め」

汗まみれで命じた。

〈魔法街〉まではタクシーを飛ばした。

午後六時――、まだ明るい夕刻の空へ、黒、白、青、七色の煙が幾筋《いくすじ》も昇っていく。古風な竈《かまど》や鍋で煮つめた薬草や、蒸留器から噴《ふ》き出す錬金術の成果であった。

「おいで」

外谷さんは如蘭の片手を取って、自宅へ導いた。

庭を抜け、ドアの前まで来たところで、扉は内側から開いた。

「そこまで」

と出て来たのは、濃紺の繻子《サテン》のドレスをまとった少女であった。

いつも愛らしい光を湛《たた》えた義眼が、冷たくホストを見つめている。

「どうしたのだ？　あたしはこの家を臨時に借りてる――」

「お久しぶりです、外谷さん。承知しております」

「なら、おどき」

「いえ。こちらの方を、家へ入れるわけにはまいりません。はっきりと敵意と殺意が伝わってまいります」

　途端に外谷さん、ぱっと離れて、

「何者だ？」

　と太い人さし指を突きつけた。

「お嬢ちゃん、どうしてそんなことがわかるの？」

　と如蘭は笑った。眼が笑っていない。

「そんなふうに造られておりますので」

「そうか、ヌーレンブルク家の人形娘だな」

　如蘭の眼が爛々《らんらん》たるかがやきを帯びると、彼は素早く外谷さんに近づき、右腕の逆を取った。

「イテテテ――何をするのだ？」

「一緒にアメリカへ来てもらおう」

「えーっ!?　何者だ？」

「CIA課報《ちょうほう》二課日本駐在員――如蘭大三郎《だいさぶろう》だ。このでぶは貰《もら》っていくぞ」

「何に使うのです？」

　と人形娘が訊いた。興味津々のふうだ。

「世界人肉食協会との交渉材料にするのだ」

　如蘭の返事に、外谷さんが、

「えーっ!?」

　と身をもがいたが、CIA課報部員のアーム・ロックはびくともしなかった。

「この女があのホスト・クラブの常連だと聞いて、三日前に入店したら、たちまち、こんにちわだ。もう搬送用のヘリは呼んである」

　自信満々の台詞《せりふ》の終わりから、猛烈な風が頭上から叩きつけて来た。

　五〇人は乗れそうな大型ヘリが一機、急降下して来たのである。ローター音がしない。無音ヘリだ。開け放たれたドアの向こうから、左右四挺《ちょう》ずつの機関銃が下方を威圧中であった。

　アメリカ最大のヘリ――CH53Eスーパースタリオン。全長三〇・一九メートルの機体に最大一八トンの貨物積載能力を有し、兵士五五名を最高時速三一五キロで二〇〇〇キロの彼方まで搬送しうる。

「ここだ」

叫ぶ如蘭の顔面が、きれいに吹きとんだ。

「これはびっくり」

と立ちすくむ外谷さんの足下にも、機銃掃射の土煙が上がった。

機体はともかく乗員は米兵ではなかったのだ。

「動くな」

M60機関銃を構えた一人が前方右のドアから身を乗り出して叫んだ。

次々に兵士がロープを伝って降下し、外谷さんを取り囲んだ。ヘルメットも装備も武器もアメリカ軍のものだ。

「何者だ?」

外谷さんが訊くと、

「おまえはシベリアへ運ぶ」

と隊長らしい男が告げた。

「——ロシア軍だな?」

「そうだ。普天間《ふてんま》で入れ替わったのさ。皆殺しにした後、酸で焼いたから、明日いっぱいは見つかるまい。乗れ」

「離せ」

とじたばたする外谷さんを五人がかりでロープの方へ連れていこうとしたとき、

「お待ちなさい」

と可憐《かれん》な声が命じた。全員がそっちを見て奇妙な表情になった。厳しいひとことと、事態解決には世界一縁遠いと思われる姿とのギャップに、呆気《あっけ》にとられたのである。

しかし、言うまでもなく、それはただの美少女ではなかった。

「その人は私が預かります。置いて帰りなさい」

全員が顔を見合わせ、ひとりが拳銃——トカレフならぬコルト・ガヴァメントを抜いた。

「あなたの肋骨は二六本?」

と訊かれて、その兵士は眼を丸くし、次の瞬間、三メートルもの高さに弾《はじ》き飛ばされていた。

2

「何だ、こいつは？」

「処分しろ！」

ロシア語の言葉より、人形娘のほうが早かった。その身体《からだ》が倍もありそうな兵士たちの巨軀《きよく》の間を巡るや、彼らはライフルを向けることさえできず、空中へ、真後ろへ撥《は》ねとばされていた。

人形娘は右手を前へ出していた。その手の平が触れた物体は、五〇トン六〇トンの最新戦車ですら宙を飛ぶのであった。その華奢《きやしや》で可憐な身体の中に、いかなる戦闘用魔法が秘められているのかは、現代科学でもわかるまい。

その身体が外谷さんの襟《えり》を摑むや、家の方へと走った。スピードが少しも衰えていないのは、驚くべきことであった。ヘリから射《う》ち出された弾丸は、砂煙に化けてその後を追った。


二人が飛び込んでドアを閉めるや、ヘリは急上昇に移った。

「逃げていくぞ」

外谷さんが首を傾《かし》げた。

「聞こえませんか？　――〈新宿警察〉のジェット・ヘリです。連絡済みですから、すぐに撃墜されますわ」

「ふむふむ」

外谷さんは納得した。自衛隊であろうと米軍であろうと正規の手続きを踏まずに〈新宿〉へ侵入した場合、一分以内に撃墜されてしまう。勿論《もちろん》、〈亀裂〉の上空で。

人形娘の淹《い》れた紅茶を飲んで、外谷さんはようやく落ち着いた。かたわらで、ポットを丸ごと空にされた人形娘が首を傾げている。

「トンブはどうしたのだ？」

ビスケットを五、六枚口の中に放り込んでボリボリやりながら、外谷さんが訊いた。

「〈高田馬場〉のホストクラブに入《い》り浸《びた》っております。若くていい男なら誰でもいいので」

「ほおほお」

「入れ食いだとはしゃいでおりました」

人形娘の声は軽蔑《けいべつ》を隠さない。最初に仕えていた女魔道士とその妹との格差は月ほどの距離があるのだった。

「先を越されたか」

口のへの字に曲げる外谷さんへ、

「はあ？」

「何でもないのだ。おたくに預けてあった攻防用の魔法グッズを取りに来たのだわさ」

「それなら、ちゃんと」

うなずいた笑顔が急にこわばった。預かり物の内容に思い至ったらしい。

「まさか――お使いになるので？」

「ああ。やっと高い買物の元が取れそうなのだ」

「ですが、トンプ様との取り決めで、あれを使用するのは、お生命《いのち》に関わるときに限る、と」

「それが今なのだ」

「………」

外谷さんにとっても、この人形娘は特別な存在なのか、これまでの事情をみいんな話して、

「世界があたしをソーセージにしようとしているのだ」

「分かります」

「何がよ？」

「いえ」

「とにかく、そんな運命から逃れるためにも、あの攻防兵器が必要なのだ」

「何とかなりませんか？」

「何がだ？」

「話し合ってみるとか」

「向こうが受け付けないのだ」

「それは困りました。ですが、あれを私の一存で使用させることはできません。トンプ様がお戻りにな

るまでお待ちくださいませ」

「いつ帰ってくるのだ？　ああいうタイプがホストクラブへ入ると長いぞ」

「そうですわね」

「なら、寄越《よこ》せ」

「それが」

人形娘の返事を聞いて、外谷さんは、なにィイイイと眼を剝いた。

「戻るぞ、〈歌舞伎町〉。待っていろ！」

これから本格的な夜である。

〈新宿〉の夜ではない。

〈魔界都市〉の夜だ。


タクシーで「ハイパー・ボーイズ」前へ乗りつけるや、すでに遅かったことがわかった。

店からは火の手が上がっており、店の前には何人ものホストやボーイ、暴力団と思《おぼ》しい男たちがぶっ倒れている。


「あら、丸焦《こ》げ」

外谷さんは愉しそうである。人形娘がやれやれというふうに、

「ひと暴れしましたね、トンブ様――じき、〈機動警察〉がやって来ます。大変だ」

「そんなもの、あの女の魔法ひとつでどうにもなるだろうが」

「まともな頭をしていれば、ですが」

「へえ、面白そ」

と言ってから、外谷さんは表情を険《けわ》しくして、

「あの女がまともじゃない？　危《やば》いぞ」

少し離れたところから、銃声が聞こえた。一斉射撃だ。人声が入り乱れ、何人もがそちらへ駆けて行く。

外谷さんも、どってんどってん走り出した。

でぶが暴れていた。

〈機動警官〉とやくざらしい連中が、マグナム・ガ

ンやハンド・ミサイル・ランチャーを向けている。

標的は——七、八メートル前方の装甲服らしいものを着た女——トンブ・ヌーレンブルクだ。

「あー、あたしの装甲服を」

外谷さんは人形娘の肩を摑んで、

「あれ脱がして来なさいよ。あたしが使うんだから」

「無理ですね。トンブ様は酔ってます。ああなると敵味方の区別がつきません。近づいたら攻撃されます」

「うーむ」

外谷さんは顎《あご》に手をかけた。その間に、銃火は続き、やくざらしい男が、七五ミリ・ロケット・ランチャーを肩に、進み出た。

警官が背後に廻《まわ》り、タイミングを測って、

「射て」

と肩を叩いた。

磁気誘導のミサイルは、火炎も噴射ガスも放たず、トンブの胸に吸い込まれた。直撃すれば、小さいビルくらい倒壊させる一発を、トンブは片手で摑むや投げ返した。

「いけない！」

回転しながら飛んできたミサイルを、ワン・ジャンプで空中で受け止め、人形娘は近くのテナント・ビルへ放った。

光と炎は、ビルの内部に留《とど》まった。

崩壊する瓦礫《がれき》の下を逃げまどう人々には、安全地帯まで辿《たど》り着く余裕があった。内部《なか》にいた者は——地獄行きだ。

「わっはっは」

ようやく路上へ広がりはじめた炎の奥で、トンブの笑い声が上がった。このままだと被害が拡大するばかりだ。

「よっしゃ」

外谷さんが前へ出た。腕まくりしている。

「どうなさるんです？」

「任しとき。ねえ、防御魔法使えるな？」

「はい」

「あたしにかけて」

「ですが、あの攻撃魔法にはとても」

「大丈夫――〈警察〉の科学戦闘班が来たら大事《おおごと》だわさ。あの戦闘服が持ってかれたら、あたしが困るのだ」

「でも」

「うるさい、早くおし」

一分後、トンブ・ヌーレンブルクと外谷さんは対《たい》峙《じ》した。

名乗り合いはない。お互いひとめでわかったのだ。

「何の用だ？」

トンブが訊いた。

「その魔法戦闘服が要《い》るのだ。よこせ」

「ふっふっふ。あたしは酔っているのだぞ」

「それがどうした？」

不気味な魔道士の声を聞いても、どこ吹く風である。

「おまえはあたしと何処か似ている。殺したくはない」

「似てなんかいないのだ」

外谷さんはやり返した。

「あっちへ行け」

トンブが両腕を突き出した。

妖《あやか》しのパワー――いかなる装甲も貫通し、内部の存在を発狂させてしまう〝殺魔念《さつまねん》〟である。

だが、外谷さんは眉をひそめただけで、突進した。

これはトンブも予想外であった。彼女は外谷さんに白い医師の手が加わっていることを知らなかったのだ。

どん、とぶつかった巨体は地上を転がり、摑み合いになった。

そのとき――

上空から男の声が、

「全員――建物の中へ待避せよ。麻痺《まひ》弾を落とす」

ふり仰《あお》ぐと、ヘリの姿が見えた。

あらゆる装甲を無視して、生命体を失神させる〈新宿警察〉決め手の一発である。人々は逃げ散った。

「まずい」

「あらら」

二人の巨女が為《な》す術《すべ》もなく頭上を見上げたその真上で、楕円形《だえんけい》の物体が回転した。


気がつくと、外谷さんは見覚えのある部屋のソファの上にいた。

ヌーレンブルク家であった。奥の方から人形娘が銅製のトレイに緑色の液体を入れたグラスを運んで来た。

「麻痺薬を中和させる薬です」

「不味《まず》そうね」

「とっても不味いです。トンブ様は奥で寝込んでらっしゃいます」

「ガスの成分分析機能はついていないのか？」

「ついておりますが、排除機構がイカれていたみたいです。もう修理しましたが」

「よいしょ」

と起き上がり、外谷さんはよろめいた。

「何か足下が覚束《おぼつか》ないぞ。雲の上を歩いているみたいなのだ」

「もう一度、お休みください」

「ヘンな音が聞こえる。耳鳴りかしら」

「気のせいですわ」

「ふーむ」

外谷さんはもう一度、ソファに戻って、こっくりしはじめた。

ふと眼を醒《さ》ますと、居間には誰もいなかった。奇妙な感覚も物音も絶えている。

ぶらりと玄関のドアに近づいて押した。ビクともしない。

「おかしいわねえ」

首を傾げていると、

外谷さあん

と聞こえた。人形娘の声に似ている。

奥のドアが開いている。そこからだ。

外谷さんは、のっしのっしと歩き出し、闇に踏み込んだ。

「ん？」

浴室であった。石造りのでっかい湯船が湯気を立てている。周囲の石壁も水滴だらけだ。

「お入りください」

何処からともなく、人形娘の声がした。

「薬草風呂です。今までの疲れが全て取れますわ」

「あら、そう」

外谷さんは眼をかがやかせて、湯船へとび込んだ。どっと湯が溢《あふ》れる。

「ん？」

気がついた。服のままではないか。

「お脱ぎなさいな」

人形娘の声が誘った。

外谷さんはうなずき、上衣《うわぎ》を脱ごうとして、中断した。

「どうかしましたか？」

「何だか気が乗らないのだ。どうもおかしい。ここは本当に、トンブの家か？」

「…………」

あのとき、頭上で麻痺弾が炸裂《さくれつ》した。それがまだ気になるのだ。

「早くお脱ぎになって」

「やーめた」

外谷さんは立ち上がった。お湯がまた――いや、静かなままだった。表面は凪《なぎ》そのものであった。

ドアを開けようとしたが、ビクともしない。

「この野郎」

と蹴《け》り上げても効果なし。

「ははあん、これは夢か幻想の世界だな」

やっと気がついた。自分はまだ麻痺弾の効果から脱《ぬ》け出していないのだ。

突然、湯船から湯が溢れ、みるみるうちに外谷さんの腰まで達した。

「あれよあれよ。しかも熱いぞ」

「じき一〇〇度を超えます」

優しい声が告げた。

「そこであなたは、蒸《む》し人間になるのです」

「げっ」

外谷さんは夢中でドアを叩いたが、結果は同じだった。

その間に室内の熱気はぐんぐん上昇していく。

「このままでは蒸し外谷さんなのだ」

こうつぶやいて、よろめいた瞬間、全身にぞっとするような冷気が走った。それは脳まで貫《つらぬ》いた。

突然、外谷さんはベッドにいた。

あの音が鳴っている。エンジン音だ。飛び起きた。ぐらりときた。まだ雲の上を歩いている感覚だ。

「ジェット機だな」

気がついた。

「ん？」

全身をゴツい装甲服が覆《おお》っている。〈新宿〉でトンブが着けていた魔法戦闘服だ。

「そうか、あいつらこれを剝《は》がせなかったのだな。でも、どうして、私が着ているのだ」

宙を仰いだ。

「そうか。あいつが⁉」

そのとき、天からの声がした。

「おまえのいる部屋は、スイッチひとつで、床から空中に放出される」

男の声だった。

「この服を私に着せたのは誰だ？」

外谷さんは怖《おそ》れげもなく問い返した。

「あたしはあのとき、ひっくり返っていた。もともと着ていたのはトンブだ。おまえたちが着せるはずはない。誰の仕業だ？　あの人形か？」

「人形娘はでぶの魔道士を連れて退出した。その服は我々にもわからぬ見えざる手でその前に脱がされ、おまえに着せ替えられたのだ」

「あらら。誰かしら」

首を捻《ひね》ってみせながら、外谷さんの顔は、あたしは知ってるぞという表情を留めていた。


午後七時二二分、羽田《はねだ》を飛び立ったアメリカ空軍の輸送機C―17グローブマスターⅢは、その一七分後、原因不明のまま針路を変え、〈亀裂〉へ墜落した。

急行した米軍が、立ち入り救援料金の三倍増を告げる〈新宿区役所〉との折衝《せっしょう》に時間を要している間に、〈亀裂〉から這い上がって来たずんぐりした人影が、背伸びをひとつしてから、でんでこでんと見物人の中に消えた。

3

外谷さんは、〈四ツ谷駅〉前でタクシーを降り、近くの路地の一本を入ったところにある廃ビルに入った。

一階の奥のドアの前まで来て、足を止め、ふり返った。

人影が六つ。戸口から近づいて来る。背広姿のネクタイ――尋常《じんじょう》なリーマン姿だが、両手でシュタイヤーのM36マシン・ピストルを構えている。全長は大型の自動拳銃並みでホルスターに収まるが、最大の特徴は、口径六ミリ弾丸が一〇〇発収納可能なドラム弾倉を取りつければ、全自動短機関銃《サブ・マシンガン》と化す点だ。

一五メートル以内の標的なら一秒足らずで穴だらけにできる上、反動も少ない。この街らしく消音器《マフラー》は装着していない。

「何の用だ?」

外谷さん、少しも動じたところがない。

服装は普通である。

「穴だらけにしたくなるぜ、この女」

とひとりが嘲笑《ちょうしょう》した。外谷さんの眼が細まった。自分の言葉がもたらす結果を、当然この不幸な男は理解していない。

別のひとりが銃口を戸口の方へ向けて、

「一緒に来てもらおう」

と言った。迫力たっぷりの眼つきであった。

「何処へだ?　アメリカ軍基地か?　おかしな宗教団体か?」

「うるせえ、黙ってついて来りゃいいんだよ」

最初のひとりが喚《わめ》いた。

その喉《のど》を黒い塊《かたまり》が貫いた。

喉仏をつぶされ、顎骨《がくこつ》も砕《くだ》かれた男がのけぞる前に、物体はその背後で爆発した。

ミニ・ミサイルだったのだ。発射装置《ランチャー》は、外谷さんの伸ばした五指の間にあった。

みるみる全身に装甲が施《ほどこ》されるのを、男たちは驚愕の眼で見つめつつ、シュタイヤーの引金を引いた。

「はっはっは」

アニメのヒーローのように大笑する外谷さんの全身に吸い込まれただけで、弾丸は尽きた。

男たちはなお仕事を成し遂《と》げようとした。

全員が身体を合わせ、みるみる一体の妖物と化していく。

全身から突き出た棘《とげ》が、発条《ばね》のようにしなって外谷さんに襲いかかる。

「月並みねえ——ぐえ⁉」

数十本の棘は外谷さんの全身を貫いていた。

「死にはしねえ。このまま連れていく。串刺しの刑だ」

妖物は声を合わせて笑った。その声に別の笑い声が混じって沈黙させた。

「ぬはははは。刺せば済むと思うなよ」

外谷さんは笑顔であった。

「これはヌーレンブルク家特製の魔法戦闘服なのだ。魔法だぞ。おまえらごときの物理法則に則《のっと》ったへっぽこ兵器など相手になるものか。ほうれ」

奇怪な変化が、妖物を襲った。

全身が縮まっていく。

外谷さんに刺した棘も細く縮まっていき、ついに拳大まで縮小するや、ふっと消えてしまった。

「おまえたちの行くところは何処だ？　地獄か異次元か？」

ゲラゲラと腹を抱《かか》えてから、外谷さんはドアの鍵穴へ、デカい銅製の鍵を突っ込んだ。

不意にその身体が消滅した。

「あ――」

「――っ」

と呻《うめ》いたのは、でかい競技場と見える一室であった。

床も壁も光る合金で覆われ、壁の上部にガラス窓とその向こうの人々が嵌《は》め込まれている。

「これは何だ？　蒸し焼きの実験場か？」

ためつすがめつする外谷さんへ、

「ここは我が人喰い教団〝ポーキー君〟の解体処理場だ」

重々しい男の声が落ちて来た。最初に外谷さんの食肉化を考えたところだ。

「まだ諦《あきら》めないのか、愚《おろ》か者め」

窓の方を見上げて言った。

「こうなったら、おまえたちもまとめて処分してやるぞ。あたしの代わりに焼き殺してくれる」

「威勢がいいな。さすが地球始まって以来の美味《おい》しい焼き肉の素《もと》だ。昨日、おまえ専用のバーベキュー・ソースも完成した。おまえ自身で味わえないのが残念だが、あの世で自分を食してみるがよい」

「えーい、うるさいのだ。あたしの肉ひと切れでも簡単に口に入ると思うなよ。さっさとここから出せ」

「それは、うちのコック長を斃《たお》してからだな」

「え？」

背後でチャリンと鋼《はがね》を打ち合わせる音がした。

「あら？」

両刃のでかい包丁を手にしたコック姿が立っている。白人だ。

「ミシュランの査定で、フランス一のコックの称号をここ十年独占している男だ。名はウージクク・ドワン。君の話を聞いて、是非《ぜひ》自分に調理をと申し込んできたのだ」

「どんな話をしたのだ？」

外谷さんは怒るよりも呆《あき》れていた。

「失礼ながら、マドモワゼル」

とコック――ドワンが声をかけて来た。唇の端《はし》から涎《よだれ》が垂れている。

「あんたの肉の価値は、私が聞いた評価より万倍もあると見ました。是非、料理させてください」

「気楽に言うな。あたしの肉は高いのだぞ。学生時代に、今は作家をやってる友人に、キロ二五〇円とつけられたことがある」

「それの何処が高いのですか？」

「え？　安いの？」

「バラ肉の値段ですね。それも脂《あぶら》身《み》の多い。私ならキロ百万円と一五円は差し上げます」

「何か半端ねえ」

「まあ、日本とフランスですから」

にこにこと近づいて来るなり、いきなり切りつけて来た。

「きゃっ⁉」

ととびすさる外谷さんへさらに二撃三撃と加え、四撃目の寸前、鋭いアッパーを食らってひっくり返った。

「このエッフェル塔め」

と叫ぶや、踏んづけに行ったその足に鋭い痛みが走った。コックが下から包丁をふるったのだ。

外谷さんは首を傾げた。足にも戦闘魔法が効いているはずだ。

「おまえも魔法を使うのか？」

と声を落として訊いた。

「左様。パラケルスス以来の古風なマジックですが。いかなる素材も私のナイフから逃《のが》れる術《すべ》はありません」

跳《は》ね起きるや、斬りかかって来た。刃を、外谷さんは左手で受け止めた。

キンと包丁は撥ね返った。

大きくとびすさったドワンの表情は驚きと恐怖が滲出《しんしゅつ》していた。

「私のナイフの一撃を簡単に撥ね返すとは――あなたも魔法を使いますか？」

「そうともさ。外谷さんのカバカバマジックといえば〈新宿〉一なのだ。よいしょ」

右手を伸ばした。指の間からミニ・ミサイルが飛んだ。光の一閃《いっせん》――ミサイルは方向を変えて、ドワンの口に跳び込んだ。

尾部から炎を吐くそれを咥《くわ》えて、コックはスパスパ喫《や》りはじめた。

「ミサイルも葉巻にするか――なかなかやるものだ」

感心する外谷さんの足下へ、葉巻は放られた。

凄まじい炎が炸裂《さくれつ》し、空気を震わせた。

炎は不意に消えた。外谷さんが左手を出して握りつぶしたのである。

「ほお、やりますね。これでは幾ら闘《たたか》っても決着までには時間がかかります。こうしましょう」

ドワンは白衣のポケットから、やや大きめの人形を摑み出して、外谷さんの眼の前に掲《かか》げた。

外谷さんは眼を剝いた。

衣裳《いしょう》こそ着けているが、粘土《ねんど》製見え見えのそれは、外谷さんそのものだったのだ。

「いつの間に？」

「今ですね」

ドワンは得意そうに笑い、

「これから、その人形を使って料理を作ります。それがあなたのお気に入れば良し。駄目ならば、私は潔《いさぎよ》く退出いたします。上の人たちにも、二度と手出しはさせません」

「ホント？」

「はい」

「ならいいわ」

外谷さん、碌《ろく》に考えもせずＯＫしてしまった。

突如《とつじょ》、実験室に凄愴《せいそう》な気が満ちた。

ドワンが窓の方を見上げると、床から最新型の電子調理器がせり出して来た。

調理台、ガスレンジ、電子レンジは勿論、水道も洗い場もついている。

「わあ、でっかい冷蔵庫」

きゃっきゃ言いながら、外谷さんは中を見て、

「あら、お肉がないわね」

「あなたの人形が入ります」

「むう。早く作れ」

では、とうなずき、ドワンは外谷さん人形を台の上に載せて、素早くナイフを操《あやつ》りはじめた。

「あーっ、手が。あーっ、足が。あーっ、お腹が裂かれた。きゃーっ、血が出てるの。あら、あら、あら――心臓も、肝臓も、腎臓も。きゃーっ、お尻の肉が削られていくわ、やだー」

ついに調理台の周りを、きゃあきゃあ言いながら駆け廻りはじめた。恐怖でも怯《おび》えでもない。血を見て興奮しているようだ。

さすがにドワンも解体の手を止め、呆然《ぼうぜん》とその狂態を眺《なが》めていたが、いつまでたっても終わりそうにないので、ついにフライパンに油をひいて、外谷さんの部品をぶち込み、ジュウジュウと炒《いた》めはじめ

た。

外谷さんは足を止め、上から覗き込んで、眉を寄せた。

「これって中華じゃね?」

炒めものは中華という認識があるらしい。

「ノン。じきにわかります——はい、パリジャン人体キュイジーヌ出来上がり〜」

ドワンは外谷さんの前に皿を置いた。

「うーむ。何処から手ぇつけようかなのだ」

「まず、心臓からはどうでしょう?」

「ふむふむ。では。——あら固いわね」

「精神的に強いお方の特徴です。どうやら毛が生えているようで」

何となく憮然《ぶぜん》とした表情で、くちゃくちゃやっていた顔が、急に世界無比の宝でも見つけたような喜びを広げた。

「美味《うま》い!」

飛び上がって、躍《おど》りはじめたのには、ドワンも眼を剝いた。

「デーリシャス。あたしの心臓《ハート》ってこんなに美味かったのお⁉」

「それは——調理のお陰《かげ》です」

ドワンは胸を張ったが、勿論、外谷さんは気にもしていない。自分の心臓だから美味いのだ。何もかもあたしのお蔭よ、なのである。

浮き浮きと、

「ね、次は何? 肝臓焼く? 胃でも煮てみる? 肝《レバー》の串焼きなんか、どう?」

ついに、

「あなた——狂ってます」

ドワンは肩をすくめた。

「——とにかく、OKなのですね?」

「ああ、どんどん焼いちゃって」

結局、ドワンは、外谷さん人形を丸ごと焼いてしまい、残らず平らげた本物の外谷さんは、とても幸せなのであった。

挙句《あげく》に、

「ねえ、もっとないのか？」

ドワンは、溜息《ためいき》をついて、

「あとは、あなたしかいませんね」

それで外谷さん、我に返った。

「そうはいかないのだ。私の肉は食わせないぞ」

「人形の肉は、あなたの肉と同じ材料でできています。それが不味いといえば、あなたの弱点を見つけたのですが美味いと言われては、打つ手がありません」

「どゆこと？」

「やはり、解体するしかない」

声が降って来た。

外谷さんの眼が爛々《らんらん》とかがやき、口はへの字に結ばれた。

「ここで片をつけてやるのだ。ご馳走《ちそう》様」

言うなりドアへと走り――かけて止まった。

ドアなどなかった。

「むう。どうやって、ここへ入れたのだ」

「テレポートです」

とドワンが言った。

「やむを得ん。君はそこで死んでもらう」

と男の声が言った。

「ドワン料理長お任せする」

「承知しました」

ドワンが右手を襟の内側へ回した。

出て来たのは、全長五〇センチを超す蛮刀《ばんとう》であった。それは外谷さんが思わず表情を変えたほどの妖気を湛えていた。

第七章　スイーツが足りないぞ

1

「こらフランス人」

外谷さんは穏《おだ》やかに声をかけた。ヤバい、と顔に出ている。

「仕方ありません。あなたの料理をこしらえることで大枚《たいまい》のお金を貰《もら》っています。覚悟してください」

ぶん、と風が唸《うな》った。

叩《たた》きつけて来た包丁《ほうちょう》を、間一髪《かんいっぱつ》で躱《かわ》し、

「慣れているな。何人殺した？」

と訊《き》いた。

「この道六〇年ですから、一万は殺《や》ってますね」

「ちょっとお」

「料理をこしらえたのは、六歳のときが初めてですが、そのときは味つけが気に入らず、飼い猫や犬をバラして入れてみたのです。しかし、いまいち気に入らない。そこで、祖母の肉を足したら、これがトレビアン。それ以来、私の隠し味は人間になりました」

「この変態野郎」

外谷さんのひと声には怒りと軽蔑《けいべつ》が詰まっていた。

「今度はあたしがこさえた料理で、おまえを隠し味にしてやるぞ」

「おお、どっちが先かですね」

またふり下ろされる刃《やいば》を外谷さんは左腕で受けた。魔法戦闘服を発動させたのだ。

「ぎゃっ⁉」

と叫んでとびのいた。受けた部分から鮮血がこぼれた。

「そんなはずはないわ。これはヌーレンブルク家の魔法装甲なのだ」

「私の包丁にもパラケルスス式の魔法がかかっています。次は首を落としてしんぜましょう」

「真《ま》っ平《ぴら》よ」

外谷さんは傷口に唇を当てた。ふっと吹いた。

血の霧がドワンを包んだ。彼は避《よ》けもせず、斬《き》りかかった。

刃は一メートル以上も伸びて、外谷さんの右肩すじを捕えた。

にやりと笑ったくらいだから、絶対の自信があったと見える。だが、外谷さんもまた笑ったではないか。

刃は空《むな》しく装甲の上を滑《すべ》って空を切った。これが外谷さんの笑いの意味であった。

「どうして？　ヌーレンブルク家の魔法よりも、私のほうが力は上のはずなのに」

「ふふふ、魔法というのは、かけたほうよりかけられた者のパワーが効果に影響するのだぞ。おまえなどあたしの足下にも及ばないのだ」

「おのれ、でぶ」

刃は五度ふり下ろされ、三度躱され、二度撥《は》ね返された。


もう一遍《いっぺん》突進してきたのを、易々《やすやす》と躱して、

「ワンパターン・コック」

と首すじに握りこぶしを叩きつけてから、失神したドワンの顔面を踏みつけてとどめを刺した――と思ったら、

「念のため」

とあと二回踏んづけた。

「これ以上、付き合ってられないぞ。覚悟しろ！」

外谷さんは上方の窓を指さして叫ぶや、えい、と床を蹴《け》った。

誰も信じられない光景が出現した。

十メートルもの高さを外谷さんが飛び上がり、強化ガラスの窓を難なく蹴破ったのだ。

だが、そのとき、展望室から一同の姿は消えていた。

「こうなっては仕方がない」

声だけがやって来た。

「『外谷さん丸焼き計画』は中止する。これからは、

おまえの各パーツを切り取り、それを合わせてグリルにすることにしよう」

「またおかしなことを」

「〈新宿〉に、アメリカの本部から招いた我らの刺客《かく》を六人放つ。彼らはおまえの頭と四肢《しし》と胴体を分断し、我らの元へと届けることになるだろう。おまえはそこでひとつに縫い合わされ、改めてたっぷりとバーベキューソースをかけられて、我が教団の生贄《いけにえ》の台に昇るのだ。おお、この栄光——永遠に感謝するがいい」

「やかましい、変態宗教法人」

外谷さんは叫んで、でんでんでんと、奥の戸口へ歩き出した。

「来るなら来い。徹底抗戦なのだ。おまえたち全員を皆殺しにして、教団本部を灰にしてやるぞ」

かくて〈魔界都市〉を舞台に、外谷さんvs.六人の暗殺者たちとの戦いが開始されることになった。

識者が聞けば、

「うーん」

と腕を組むような内容ではあった。

外谷さんが脱《ぬ》け出したのは、地下の貸し倉庫であった。テレポーターを捜してみたが、影も形もない。

「厄介《やっかい》な奴《やつ》らが厄介なものを」

地上へ出ると、制服を着た中年男が近づいて来た。貸し倉庫の係員だと服装が告げている。〈新大久保駅〉の近くだと、一発でわかったのは、外谷さんならではだ。

「あんた——借主の知り合いかね?」

と男は疑い深そうに訊いた。

「じぇんじぇん」

「なら、なんで下から出て来た? 泥棒か?」

と男は腰の麻痺《まひ》警棒に手をかける。

「違う。あいつらに食べられそうになったのだ」

と弁解すると、いっぺんで晴れ晴れした顔にな

り、

「わかるわかる。そうだろうそうだろう」

とうなずく。

「むう。借主は何処《どこ》の誰だ？」

と訊いてみると、例によって、知らねえな、と返って来た。いちいち身元証明など必要としないのが、〈新宿〉流だ。二日前にネットで申し込まれ、料金も電子マネーでその場で払ったという。

外谷さんはそこを離れて、駅前の繁華街へ向かった。

「あーら、素敵に太ったお姐《ねえ》さま――遊ばない？」

〈駅〉近くになるや、通りの角に立ってる街娼《がいしよう》たちが声をかけて来た。

老若男女《ろうにやくなんによ》を問わずのメンバーで、薄いガウン一枚の裸身を露出してるグラマーな娘もいれば、骸骨《がいこつ》と見間違うばかりに痩《や》せ細ったミイラ・タイプ、首から下は、全て人工だというサイボーグもいれば、身体《からだ》中に蛇タイプの妖物を絡みつかせた女や、局部を強調した半陰陽型《ふたなり》まで数十人が、通行人に声をかけてくる。〈区民〉は慣れたもので、適当にあしらいながら通り過ぎるが、観光客は、勝手にスマホ撮りして殴《なぐ》り倒されたり、路地に引っ張り込まれたり――これもいつものことだ。

外谷さんにも、セクシーなおでぶちゃんだの、焼き肉ごっこしないかとか、あれこれ引き文句が絶えず、全て無視して、路地裏の小さなレストランへ入った。

店員に、

「大盛り味噌《みそ》ラーメンと極上のサーロイン・ステーキ九〇〇グラム。レアでね」

と注文し、
店員が、レアですか？　と訊くと、浮き浮きと、

「血のしたたるようなレアだぞ」

「やっぱり」

と納得させた。

店内には他に四、五人の客がいてスッポンの丸蒸《む》

しだの大盛りのパスタにでかい蝸牛《かたつむり》を五匹も乗せた「カタツムリ・アラビアータ」などを、キムチごと平らげていた。BGMは「美しき天然」であった。

ラーメンが来た。

外谷さんは箸《はし》を使わなかった。お腹《なか》が空《す》いていたのである。

丼《どんぶり》を持ち上げると、スープも麺もチャーシューもメンマもまとめて、ズーッと流し込んでしまった。

少し残った。それも飲んでしまえとスープの表面を見ると、見たこともない男の顔が浮かんでいた。薄笑いを浮かべてこちらを見ている。あらゆるパーツが狂った不細工《ぶさいくきわ》極まりない顔であった。肌は油ぎり、眼は血走っている。

「むむむ。『茶碗の中』ではないか」

外谷さんは文学的記憶を探《さぐ》りながら呻《うめ》いた。小《こ》泉八雲《いずみやくも》の傑作怪談によれば、お茶の表面に浮かんだ優男《やさおとこ》の顔を、えいと飲み込んでしまった武士は、やがて顔の主に危害を加えたと言って来た家来たちに責められ、斬りつけられても逃げてしまうという、中途半端な運命に見舞われるのだが、この場合、相手は男の眼から見てもハンサムで上品な、これも武士なのである。

しかし、湯の表面から外谷さんを見上げる顔は

――

「うげげ。不愉快だ。古賀雄一のようなガマガエルと矢島俊一なみのトカゲ面の合成ではないか。こうしてやる」

その場へ捨ててしまった。サーロインステーキもふた口で平らげ、お茶と水をまとめて呑《の》んで立ち上がった。

気がついた。

他の客たちが立ち上がって、こっちを凝視《ぎょうし》している。無気味に無表情である。ひと組は夫婦と八つほどの女の子、もうひと組は、母と息子か。最後

は、一〇〇超えではないかと思われる老夫婦だが、そこから吹きつけてくるものは、人間にはあり得ない妖気であった。

「むむ、こいつら全部敵」

そのとき、親子連れの亭主の方が、外谷さんを指さした。

「よくも、おれのご主人を殺したな。許さんぞ」

「ご主人？　あれが？」

と足下の茶の広がりを見下ろすと、

「あれとは何だ？　あの方はマイラーン。世界一の殺し屋だった。おれたちは、あの方から殺し方を学んだ」

他の客たちも拳銃やら手作りらしい武器などを取り出し、外谷さんに狙《ねら》いをつける。

こいつら全員、殺し屋の弟子かと、外谷さんは溜《ため》息《いき》をつきたくなった。面倒だ、いま片づけてやる。

「えいっ」

と身体を一回転させ、爪先《つまさき》立ちになって右手で宙を差す。『サタデイ・ナイト・フィーバー』のトラボルタが決まった。

その全身に弾丸やナイフが打ち込まれたが、すべて床の上に落ちた。

「えいっえいっえいっ——」

人数分、人差し指からの放電でぶっ倒し、

「なーんだ、だらしのない。お勘定《かんじよう》ここね」

とテーブルに一万円札を置いて出て行こうとしたら、いきなり、眉間《みけん》に軽いショックが加わった。

厨房《ちゆうぼう》の戸口から、調理服姿の主人と女将《おかみ》がオートマチックをこちらへ向けている。

「んー？」

と眼を細める外谷さんへ、

「ご主人様を酷《ひど》い目に遇《あ》わせた報《むく》いだ。さっきのラーメンとステーキには、たっぷりと毒が入っているぞ」

「おまえたちもグルか」

外谷さんの左手からミニ・ミサイルが飛んで、容《よう》赦《しゃ》なく厨房を吹きとばした。

プロパンに引火したらしく、大爆発の挙句《あげく》に燃え上がる店を尻目に通りに出た途端、外谷さんはお腹を押さえた。

「あらら、本当に毒を盛られていたらしいぞ」

右手を上げるると、すぐにタクシーが止まった。どでんと乗り込み、〈メフィスト病院〉へと告げた。走り出した。ヒイヒイ言いながら、外を見ると、ひと気のない横丁を疾走《しっそう》中である。どう考えても目的地とは無関係な方角だ。

「こら、何処へ行く?」

「大丈夫、すぐ着きますよ」

運転手は低い声で応じた。

「止めるのだ。あたしはドクター・メフィストに会うのだ」

「その前に、別のところへ寄ってきましょうよ」

「何者だ?」

「ご主人様の仇討《かたきう》ちだ」


運転手は前後のシートの間に透明なガラス鋼板を張っていた。

「死ね」

チクロン・ガスの放出は二秒で後部を満たすはずであった。

そのガラスが一発で破られ、外谷さんの手が自分の首を鷲摑《わしづか》みにするとは、思いもかけぬことであった。

ひと握りで運転手の喉《のど》をつぶし、外谷さんは失神した身体ごと、車が通りを外れて、左方のビルに激突するのを待ってから、外へ出た。

「お腹がますます痛くなる、痛くなる」

とリズムをつけてつぶやき、魔法装甲服に装着したピン型通信機を使って、〈メフィスト病院〉へ連絡を取った。

路上に坐《すわ》り込んで、うーんうーんと唸っていると、二分で〈救命車〉が到着した。

〈救命士〉が二人、ロボット・タイプのストレッチ

ャーに外谷さんと死亡した運転手を乗せ、車に収容すると、走り出した。

「外谷さんを収納しました」

と通信しているのを聞きとがめて、

「収容じゃないの？」

「あ、つい」

繭《まゆ》型の検査ポッドに入れられ、

「凄《すご》い猛毒が血流中に一〇ミリも注入されています。ティラノザウルスでも百回は逝《い》ってしまう分量です。よくぞご無事で」

検査技師は眼を剝《む》いた。

2

「魔法装甲のお蔭《かげ》だな」

と白い医師は、外谷さんのベッドのかたわらで告げた。

「さすがはトンブ・ヌーレンブルク――あらゆる物理攻撃と魔法攻撃を撥ね返す」

「でも、お腹痛かったわよ」

と腹を叩く。

「それは毒の量の問題だ。あれだけ盛られたら、私でも危ない」

「あら、そーなの？」

メフィストの言葉は、外谷さんの顔をかがやかせた。とにかく他人より凄いと言われるのが嬉しくて仕方がないのである。

「ふっふっふ。ところで、この病院には、おかしな奴、いないでしょうね。マイラーンの子分とか」

「ここには、な。だが、外は彼らの巣だ」

「えーっ⁉」

「マイラーンなら私も知っているが、生命《いのち》と引き換《か》えに、自分の魂《たましい》を他人に憑依《ひょうい》させ、自由に操ることができる。君は――」

「他人って、何人？」

「きっかり一〇〇〇人」

「するとあれ？　そいつらをそれだけ殺さなきゃ、あたしはこの気高《けだか》い身体と魂を救えないってこと」

「そうだ」

美しい医師の言葉に容赦はない。

「そんなに殺せっこないぞ」

「ふむ」

「大体、いつまでかかるかわからないではないか。面倒臭いのだ」

「そっちの問題か」

白い医師は少しだけ笑いの形に唇を歪《ゆが》め、

「その鎧をまとっている限り、通常の武器や魔法での暗殺を心配する必要はない。だが、一〇〇〇人が消える間は狙われ続けるぞ」

「何とかしろ」

「外へ出て返り討ちにするしかあるまい」

「むう。人の話を聞いてるのか――」

藪《やぶ》、と言いかけ、必死に呑み込んだ。いかに外谷さんと言えど、眼前の美しい医師にそれを浴びせる度胸はなかった。

「アドバイスを聞く気はあるかね？」

「この際だ。モグラの意見でも聞くぞ」

「一〇〇〇人まとめて首を落とせる技がある」

外谷さんの両眼が、バチンコと開いた。

「いるっ」

その技の使い手のことである。

いきなりベッドからとび下り、

「これから行って来るぞ。あんたんとこの運転手と車を貸せ」

「残念ながら、これから〈区外〉まで総理大臣とやらの往診に行かねばならん」

「なら〈救命車〉を出せ」

「全て出払っている」

「むう」

「バイク便を出そう」

「え？」

これは外谷さんにして初耳だったらしい。

「幸い優秀なのがひとりいる。君の話からすれば、〈十二社《じゆうにそう》〉まで行くのも生命懸《が》けだが、外でバラバラにされるよりはましだろう」

「うむ」

外谷さんも同意した。

〈メフィスト病院〉の裏口が幾《いく》つあるか知っている者は外谷さんしかいないが、地下一階にあるそこ︀には、確かにハーレーとゴーグル、つなぎのライダーが待っていた。

「女？」

つなぎの胸は豊かにせり出していた。

「ユキっていいます、よろしく」

明るく切れのいい挨拶《あいさつ》が、外谷さんを安堵《あんど》させた。

「よろしく頼むぞ。生命がかかっているのだ」

「ご安心ください。〈秋せんべい店〉まで、無事にお届けします」

「よいしょ」

と後部席にまたがると、ハーレーの前が少し持ち上がった。

〈靖国通り〉を走行しながら、

「〈青梅《おうめ》街道〉から左折してせんべい屋？」

「そうです」

「なんか、目立ちすぎない？」

ユキの口元に笑いがかすめたのを、勿論《もちろん》、外谷さんは気づかない。目立ちすぎるもヘチマもあったものではない。

「他にもルートはありますが、こういう場合は正道がベストです。おかしな近道は妖物、妖人の巣ですから」

「それもそうね」

「あら、もう尾《つ》けて来たわ」

ユキのつなぎの背が小さなスクリーンに化けた。

乗用車が一台映っているが、それだけでは判断できない。

あと二〇メートルで〈大ガード〉というところで、

「前からも来ました」

スクリーンに別の車が現われた。

「挟《はさ》み討《う》ちだぞ。逃げられるのか?」

「何とか」

平然たる答えであった。

「体当たりだぞ、きっと」

「あたしに摑まっていてください」

「がっちり」

としがみついた。

前の車と後ろの――どちらも五メートルもない。

「はいっ!」

小気味よい掛け声とともに、娘の身体から激しいショックが外谷さんを震わせた。

「わわ――飛んでるう!?」

ハーレーは空中に舞い上がっていた。二、三メートルの話ではない。垂直に近い角度で上昇を続け、みるみるガード上の線路に迫る。

「山手線《やまのて》が来るわよお」

〈新大久保〉方面から緑の車体が轟音《ごうおん》を従えて向かってくる。

背後――遥《はる》か下方で、鈍《にぶ》い衝撃音が噴《ふ》き上がって来た。

ふり向いた外谷さんの見たものは、挟み討ちを狙った二台が正面衝突した姿であった。

「やた!」

その間もハーレーは上昇を続け、山手線の側面すれすれをかすめるように、その頭上へ到達するや、優雅な弧を描き続けて、線路の向こう側へ舞い下りた。

「ひええ! 何、これ!?」

外谷さんが絶叫を放った。抱きついたユキの姿は消え、外谷さんはハーレーのハンドルを握っていたのである。

着地と同時にハーレーは疾走を再開した。

「何よ、これは⁉」

眼を剝《む》く外谷さんへ、ハーレーの何処かからあの娘の優しい声が、

「安心して。ハーレーは私が動かすわ。ハンドルだけ握ってて」

「あ、あんた何処にいるの？」

「すぐにわかるわよ。ほら、見えて来た。きれいなご主人のいるせんべい屋さんが」

〈秋せんべい店〉の看板が見下ろす店の前で外谷さんが降りると、

「ほんじゃ——また会いたいわね」

ハーレーの——ユキの声が言った。

「ちょっと——あんた、何処にいるの？」

「はーい」

突然、つなぎ姿が現われた。ゴーグルの奥で黒瞳《こくどう》がお茶目に笑っている。

「あんた——ひょっとして」

外谷さんの眼がユキとハーレーを——バイクは無かった。

「あんたがバイクだったのお？」

「そゆこと」

ユキはもうひとつ笑って、上体をやや前傾させた——ハーレーがそこにいた。

「そんじゃ」

派手な排気音を抑えもせず、ハーレーは夜の中を走り出した。無人——それだけに自由自在に疾走可能なその姿は、みるみる通りの奥へ消えた。

呆然《ぼうぜん》と見送る外谷さんの背後から、

「お晩です」

とせつらの声がした。

六畳間——〈秋人捜しセンター《DSM》〉で事情を説明すると、

「断わる」

せつらは、のんびりと却下した。

「どうしてだ？　そうしてくれないと、あたしおちおち道も歩けないのだぞ」

「その刺客が憑依した連中を、一〇〇〇人もまとめて首落とせって——不可能」

「そこは相談なのだ。一回一〇〇人ならイケるだろう」

「現実を無視しない」

とせつらは当然の返事をした。

「それより、他の五人をやっつける方法を考えたほうが早いよ」

「だけど、一〇〇〇人が」

「憑依霊がしつこいのは歴史が証明してるけど、一〇〇〇人分だとそれぞれの分担がかなりキツくなるはずだ。放っときゃ、消えちゃうと思うな」

「ホント?」

「僕の想像。トンブに当たりたまえ。あれはプロだし」

「そうだわさ」

外谷さんが全身を震わせて驚きを示した。

「これから行くぞ。連れて行け」

「あのね、僕は人捜しが仕事なのだよ」

外谷さんは世にも美しい顔をにらみつけ、それから急に、頭を指さして、

「急に記憶がなくなった」

と言った。

「………」

「トンブちゃんのお家《うち》は何処でしょう? ここは何処? あたしは誰?」

「わかったわかった」

せつらはあっさりとうなずき、いつものコート姿で外へ出た。

待つほどもなくタクシーがやって来た。

「乗った乗った」

と外谷さんを押し込め、

「〈高田馬場・魔法街〉」

と告げると、ぴょんと跳《と》び下がった。

「急いで」

「へーい」

タクシーは走り出した。外谷さんを入れるときに運転手に一万円渡しておいたのだ。

「待てこら、止めろ」

と喚《わめ》き散らすおでぶちゃんを乗せてタクシーは闇に呑まれた。


車を降りてすぐヌーレンブルク家へと向かったが、呼《よ》び鈴《りん》を押しても返事はなかった。

「おかしいわねえ。どっかで呪いでもかけてるのかしら?」

ぶつくさ言ってると、ドアが開いて人形娘が顔を出した。

「いらっしゃいませ」

その顔を見て、外谷さんはぎょっとした。

眉が吊《つ》り上がり口が異様に大きい。歯は牙の列だ。

「失礼――間違えたわ」

背を向けた途端に、襟首《えりくび》を摑まれ、ドアの内側へ引っ張り込まれた。

「何をする?」

「外は危険です」

ふり返ると、白髪白髯《はくはつはくぜん》の老人が立っていた。

「何者だ?」

「ドワイト・ソーランジュと申します。ノルウェーからまいりました」

魔法が世界に広がっているように、この街に集《つど》う魔道士たちの国籍は様々だ。

「今夜は『ボナマルゴーの夜』――ヨーロッパ中の妖魔が集う夜でございます。悪い時にいらっしゃいましたね」

「タクシーの運転手が家を間違えたのだ。この街はどこも同じに見えるぞ」

外谷さんは分厚いカーテンの隙間《すきま》から外を覗《のぞ》いた。月光が落ちる芝生《しばふ》の上には影ひとつ見えない。

「大丈夫よ。出てくわ」

「お待ちなさい」

老人――ソーランジュは人形娘を両手で抱《かか》え上げた。

「え?」

ドアを開けるや、人形娘を放り出した。どんな投げ方をしたのか、優雅な放物線は通りの前にある生《いけ》垣《がき》まで彼女を送り届けた。

生垣の向こうから、おびただしい影が襲いかかった。

悲鳴が上がり、それに分解音が重なって、すぐ静かになった。

「人形が食われましたな」

ソーランジュ老人が沈痛な表情をこしらえた。

「行かれますか?」

「べえだ」

外谷さんは舌を出している。

「では、こちらでアクアヴィットでも、飲《や》りながら、夜明けを待ちましょう」

「ふむふむ」


外谷さんは奥の居間で、ノルウェー名物の蒸留酒を飲みはじめた。

大して旨《うま》い酒とはいえないが、斗酒《としゅ》なお辞せず、銘柄ノンがモットーである。たちまち半ダース空けてしまった。

「さっきの奴らは必ず年に一回、ここへ来るのか?」

「いいえ」

ソーランジュ老人は顔を横にふった。

「あれは、私の魔法がこしらえた幻覚です。人形はほら、そこにおりますよ」

居間の入口に小さな影が立っていた。

「?」

「よくも、ご主人様を殺してくれましたね」

「えーっ!?」

六人組残り五人のひとりと知っても、外谷さんは驚きも緊張もしなかった。酔いが脳まで廻《まわ》っていたのである。

「アクアヴィットは普通四〇度から五〇度ですが、我が家の特別製は世界最高九六度ございます」

「えーっ⁉」

「今、その左腕を頂戴《ちょうだい》します」

老人は立ち上がり、壁にかかった刃渡り一メートルもある蛮刀《ばんとう》を持って戻って来た。

「本当は右脚が好みなのですが、割り当てられた以上、文句はいえません。よろしく」

「よろしくではにゃいのじゃ――ヒック」

外谷さんは、ふやけた脳の硬度を取り戻そうとしながら、

「断わっておくが、あたしの身体は、トンブ・ヌーレンブルクの魔法装甲をまとっている。そんな刃物は効かないぞ」

「この蛮刀にもノルウェー屈指の魔道士ヒューラ・コンスタンティンの破壊呪術がかかっております。一撃では無理でも、二度三度と斬りつければ」

「よせ」

外谷さんは叫んだが、凶刃《きょうじん》は止まらなかった。

「ぎゃあ」

あわてたのか、わざわざ狙われる左腕で受けたものの、これはあっさり撥ね返し、二撃目も弾《はじ》き返したが、

「イエエエエイ」

ソーランジュ老人必殺の三撃目は、ぱっと鮮血をとばした。

「きゃあー血が出たあああ」

泣き喚く外谷さんを尻目に、最後のとどめ――四度目の死刀がびしっと鳴った。

なんと、刃の真ん中あたりから、きれいに切断され、ソーランジュ老人の心臓に突き刺さったではないか。

3

ひょっとして、まだ魔法装甲が、と思ったが、ま

ずはここを無事脱出して、トンブの家へ逃げ込まなくてはならない。

外谷さんは大あわてで外へ出た。

「あーっ⁉」

いた。あの影どもがウジャウジャと、こちらへ向かってくるではないか。

「えーっとえーっと、どうしようかな」

ここで閃《ひらめ》いた。

大急ぎで家の中へ取って返し、テーブルのアクアヴィットと卓上ライターを摑んで戸口へ戻った。

窓のカーテンを引っぺがし、適当に破って瓶《びん》の口に押し込み、ライターで点火する。

五メートルまで接近していた影たちの真ん中へ、思いきり放った。

九六度のノルウェーの酒は炎の塊《かたまり》を作った。

「あら？」

炎に包まれた数十の影が倒れたが、あとは平気で近づいて来る。


「むむむむ」

と呻いた声が、何処かの誰かに通じたか、最前線の影が突如《とつじょ》、二つになった。正《まさ》しく一線で切断されたかのように地面に転がる――いや、散らばった。

「わあ、びっくり」

その言葉とは裏腹に、外谷さんは落ち着き払っていた。

前進を続けようとした残りも次々と二つになり、残りはついに撤退に移った。

前庭へ下りた。じゅうじゅうと溶けていく影たちなど知らん顔で、頭上の夜空をふり仰《あお》いだ。

「やるなあ、お店やめてあたしの専属ボディガードにならない？」

沈黙が返事であった。

やがて、外谷さんは、ヌーレンブルク家を訪れた。左隣の家であった。

相談は無論、残る四人の暗殺者の居場所である。

トンブは得意の水晶球を使ったが、たちまち汗まみれになって、椅子《いす》ごと引っくり返ってしまった。

「役立たず」

外谷さんがすかさず吐き捨てた。同じでぶとはいえ、この辺は容赦がない。

「死んでしまえ」

罵《ののし》って立ち上がると、

「お待ちください」

と人形娘が止めた。

「汗をごらんください」

それはトンブの顔と腕から噴き出し、肌を伝わって床へしたたる大量な液体のことであった。

汗は生きもののように床を滑り、つながり、混じり合って、床に長径五〇センチ、短径三〇センチほどの楕円形《だえんけい》の沁《し》みをこしらえた。そこに、徐々に人間の顔らしきものが描き出されていったのである。

「あ、知ってる」

外谷が手を叩いた。いつの間にか、顔の主の情報はインプットされていたらしい。それが刺客と結びつかなかったのは、インプットされたばかりだったからだろう。

「刺客たちには、よほど強力な防御魔法がかかっていたと思われます。トンブ様が失神までして、ひとりだけしか探り出せないとは」

悲痛とさえいえる人形娘の言葉も、外谷さんにはどうでもいいようで、

「本名は不明。仮名はドードルシャン・トダン、通称〝雨男《レイン・マン》〟、三七歳。サハラの生まれか。暗殺方法は――不明」

ぶつぶつと暗唱し、

「んじゃ、あとはよろしく――」

と出て行ってしまった。

「誰だね？」

ノックの返事は渋い声であった。

「宅配です」

外谷さんの声はもっと渋い。変声薬を服《の》んでいる

のだ。

〈東五軒町《ひがしごけんちょう》〉の片隅に建つ小さなアパートは、驚くべきことにモルタルであった。この一角には低収入の外国人居住者がまとまっている。

「トダンさんですね。〈区〉の〈移籍係〉からの書類です」

「そこへ置いていけ」

流暢《りゅうちょう》な日本語であった。

「公的書類なので、捺印《なついん》かサインが必要になります」

ドアの向こうから気配が遠ざかった。

そのとき、廊下の端――出入口の方から靴音がやって来て、廊下へ入ると停《と》まった。中肉中背のたくましいアラブ人であった。

外谷さんに気づくや、両手を前に突き出し、奇怪な呪文を唱《とな》えはじめた。

二人の間に、何かの気配が固まりはじめた。

そのとき――ドアが開いて、痩《や》せ型で黒ずくめの男が現われた。右手にボールペンを握っている。

一歩前へ出て、外谷さんと向き合うと同時に、男はのけぞった。その右腕が音をたてて、床に転がった。

「右手の担当だったのか」

床に倒れて絶叫を撒《ま》き散らす男の身体を持ち上げて盾にし、外谷さんは後退した。

床の腕を指さし、

「それ持って帰れ」

と命じる。

二メートルほど離れた空間に「気配」のみが膨《ぼう》縮《しゅく》を繰り返していた。トダンの操る妖体であろう。

「しっかりしろ。黒後仙吉《くろごせんきち》」

外谷さんは片腕を食い切られた男に声をかけた。

「どうしておれの名を？　病院へ連れていってくれ」

男はとぎれとぎれに言った。出血は止まらない。

「おまえは前科十三犯のケチなこそ泥だ。このアパートに入ったのは、安普請《やすぶしん》で入りやすかったからだな。住んでる奴らが金を貯《た》めているという噂《うわさ》もある」

「あ、あんた何者だ？」

恐怖に歪んだ眠りかけの顔を、思いきり妖体の方へ叩きつけて、外谷さんは走った。

背後で悲鳴が聞こえた。妖体は見境《みさかい》がないらしい。

廊下の奥は行き止まりであった。外谷さんは立ち止まり、ふり返った。

「頼むぞ、魔法装甲」

頭から突っ込んだ。

妖体の気配が迫り――激突して――抜けた。

眼の前にトダンが蛮刀片手に立っていた。ふりかぶった。

「来るか」

クラウチング・スタイルを取った途端、トダンは崩れた。口から泡を吹いて、のたうち――すぐ大人しくなった。貫通した妖体は彼の霊体《エクトプラズム》――一心同体だったのだ。

「ふふ、くたばったか」

念のため、鳩尾《みぞおち》のあたりを踏んづけて死亡を確認すると、外谷さんはふり返った。

妖体の姿はなく、バラバラになった泥ちゃんが落ちている。

「運が悪かったな。成仏《じょうぶつ》しろ」

外谷さんはこう言って、アパートを出た。

刺客二人を斃《たお》して、なお五体満足。意気軒昂《けんこう》。

〈ぶうぶうパラダイス〉へ向かう。

翌日の昼――午後十二時十分前に、外谷さんは、性懲《しょうこ》りもなく〈歌舞伎町〉の地下にいた。普通の地下であるわけはない。五〇人満杯の地下室の中央にはリングが据《す》えられ、太った女たちがぶつかり合っている。

〈新宿〉名物の「どすこいプロレス」――女レスラーばかりの常設道場であった。

どすこいの名称は、二試合も見物すれば明らかになる。

選手は全員女性で、しかも何食ってるんだ、と思わせるほど太っている。ポスターを見れば、最低体重一五〇キロ、最高二〇五キロと選手紹介にあるくらいだから、ぶつかり合い、投げられたときの衝撃は凄《すさ》まじい。勿論、それが愉《たの》しみで押しかける客ばかりだから、みなガリガリにこけている。何となく地獄プロレスを見ている風情《ふぜい》がある。ただひとりの例外が外谷さんだ。

リング上の一七〇、一八〇キロのでぶが、同じくらいの喉元にラリアットを叩き込んでぶっ倒すや、

「よいしょ　よいしょ」

と掛け声をかけながら、四隅《よすみ》に立つポストの一本に歩み寄って、
ひいひい言いながら、そのてっぺんによじ昇った。

予感した骸骨どもが、ピイピイと騒ぐ。勿論、ポストのてっぺんから下の大の字女に、フライング・ボディプレスを浴びせるのが定番だが、

「あら?」

外谷さんは不安の声を上げた。

とび下りる前に、ポストのてっぺんでバランスを取るのに必死なのだ。

「あら、あら、よいしょ、とっとっと」

などと前後左右している間に、面倒臭くなったのか、下のレスラーは衣裳《いしょう》の内側《なか》からコードレスのイヤホンを取り出して、音楽を聴《き》きはじめた。それでもポスト上の相手はオタついているばかりだ。

「許せない——幾ら払ったと思っているのだ」

外谷さんはいきなり立ち上がるや、リングに駆け寄り、ポストでふらついている方をリング外へ放り投げると、ぴょんとてっぺんに跳び乗った。ここまで太っていると安定が並みではないのか、易々と直立し、客席へ高々とVサインを作る。

大歓声が上がった。骸骨でも声は人間だ。

「あたしは外谷貘子《ばくこ》——ここの女子プロレスのファンだけど、今日は腹が立ったぞ——えい」

と言うなり、仰向けの女の腹へニードロップをかけたものだ。

まさかと油断していたものか、女はぐえええと舌と白眼を剝いて失神した。

こうなると、もうノリで怖いものなし。

「あたしは誰の挑戦でも受ける」

「かかって来なさい」

と連呼し、ドラミングの嵐を放った。その最中に、

「しつもーん」

と声が上がった。

「オッケ」

「武器ありでいいですか?」

「任せなさい」

「じゃあ、行きまーす」

こちらもノリのいい声で、右側の客席の何処かから、ふわりとしなやかな影が跳躍して、外谷さんの前に立った。褐色《かつしよく》の肌に金髪が絡みつく南米産らしい美女である。観客がどよめいたのは、その美貌《びぼう》もあるが、一メートル近い乳房をお義理に包んだようなブラとパンティのせいだろう。

ある考えが外谷さんの胸に浮かんだ。

「おのれはひょっとして——?」

「そう。あなた用の殺し屋のひとり——ルイズ・アークルスよ。ブラジル産。趣味で来てみたらバッチリ適中ね。左足を頂戴するわ」

ひゅっ、と外谷さんの鼻先で光るものが走った。

「——ん」

鼻先に指を当てると、血がついた。

「女子プロではないのか?」

「あーら、そちらがお望み? なら——」

いきなり外谷さんの胸もとに風塊《ふうかい》が激突した。

拍手が噴き上がった。

リングに叩きつけられたのはルイズで、外谷さん

は傲然《ごうぜん》と立っている。見事に撥ね返したのだ。

全身怒りのバネと化して跳ね起きたルイズへ、

「えいやっ」

今度は外谷さんがぶつかった。

「あら？」

いつの間にかルイズは消え、外谷さんはコーナーポストに激突した。

寸前、ルイズは跳躍して外谷さんの背後に着地していたのだ。

へたり込んだ外谷さんの背後で、どよめきが上がった。ルイズが衣裳の下から長いナイフを抜いたのだ。それに対する非難ではない。興奮の叫びだった。

大きくふりかぶって、ルイズは巨大な標的に突進した。外谷さんはへばっている。足の一本くらい簡単に切り離せるはずだった。

だが、外谷さんは突如、後ろ向きのままルイズめがけて飛んだ。


リング中央正面衝突——ルイズは吹っとんでポストに頭を打ちつけ、外谷さんはすっくと立っていた。目方が勝敗を分けたのだ。

外谷さんは、大歓声に応えながら、ルイズの側に行き、ナイフを奪い取ると、

「生贄だ！」

と叫んだ。歓声もこれに応じる。何処にあったのか、太鼓の音もドンタタドンタタ、リズムを叩きはじめた。

顔つき眼つきからして、ホントにやるつもりだ。ルイズの髪の毛を摑んで顔を取り上げるや、その首にナイフを——

いきなり、客席のドアが開いた。数個の人影が場内で、

「〈警察〉だ。動くな」

「危ない」

逃げようとした外谷さんに、制服姿の〈機動警官〉がとびかかり、三人ほど吹っとばしたところ

で、

「やめんか。朽葉《くちば》だ」

面倒臭そうに耳元で囁《ささや》かれ、外谷さんは両手を上げた。

「あ——」

〈新宿警察〉で、屍刑四郎《かばねけいしろう》と並ぶ名物——〈不幸という名の幸運に恵まれた男〉朽葉刑事であった。

第八章　レアかウェルダンか

1

〈新宿警察〉で、外谷さんはたっぷり油を絞られた――が、平然たるものである。

「わかったのかね？」

「何がだ？」

「今回しでかした件についてだ。本来なら殺人未遂容疑がかかるとこだぞ」

チビた「しんせい」を咥《くわ》えたまま喚《わめ》く無精髭面《ぶしょうひげづら》へ、外谷さんは、

「なーによ。リング上の試合の結果なら、何人死のうが罪にはならないでしょ」

と不貞腐《ふてくさ》れた。

「それはプロレスラーの場合だ。おまえもあの死んだ女も素人《しろうと》だろうが。これは殺人だぞ」

「えーっ、そうなの？」

「どこが〈新宿〉一の情報屋だ。常識ってものを知らんのか」

「ジョーシキ？　何それ？」

本気で首を傾《かし》げてから、

「――あのルイズって女――死んだの？」

「嬉《うれ》しそうだな」

「あたしに逆《さか》らう奴《やつ》はみんなそうなるのだ、ふっふっふ。けど、パクられたときには生きてたわよね」

「ああ。おまえにバラされる寸前だったがな」

「どうして死んだの？」

「パトカーに乗せるところを狙撃《そげき》されたのさ。犯人は不明」

「捕まえて表彰してやるぞ」

「おまえも救われんな」

朽葉刑事の唇の間で、「しんせい」が溜息《ためいき》に合わせて小刻みに揺れた。

「あたしは生命《いのち》を狙《ねら》われた被害者なのだ。それは観客が知っている。調べてみるがいい」

「ああ、確かにそのとおりだ。ドクター・メフィス

トからも、事情は聞いている。今回は釈放するが、〈新宿〉どこか地の底へでも潜《もぐ》っていたらどうだ。〈新宿〉は平和になるぞ」

「うるさい。このボンクラ刑事。そのうち署長と〈区長〉に掛け合って、首にしてくれる。ばーかばーか」

外へ出て、ぶらぶらと〈新宿駅〉の方へ向かった。

西口へ来ると、ロータリー近くで、横になっていたホームレスらしい男の子が、

「今日のパン代おくれ」

と空き缶を突き出して来た。シャツもジーンズもぼろぼろ、首すじや肘《ひじ》など垢《あか》だらけだ。

「なんか、絵に描いたようなホームレスだな、あんた。親はどうしたのだ?」

「去年ふたりとも自殺しました。何とか助けておくれ」

空き缶の中身をちらと見て、

「三二四円か。しけてるのお。でも、一円もあげないよおだ」

「どうしてだよ?」

「この街はその気になれば、幾《いく》らだって稼《かせ》げるのだ。路上の拳銃売り、麻薬の売人、いざとなったら、銀行強盗や殺し屋になってもいい。甘ったれるんじゃないよなのだ」

「なあ、でぶ」

少年は呼びかけた。外谷さんじろり。あわてて、

「少し太った女の人——」

「外谷さまなのだ」

「外谷さま——腹減ったよお」

その場に仰向《あおむ》けになると、手足を振って叫び出した。

「恵んでくれよお。飯食わせてくれよお」

外谷さん、この餓鬼《がき》が、という顔で無視していこうとすると、

「みんな聞いてくれ。そこの太った女が、おいらを見捨てようとしてるんだ。もう三日も食ってねえのに。無視して行こうってんだ。肉と脂肪は余ってるくせに、血も涙もねえ。誰か叱《しか》ってくれねえ」

「この野郎」

駆け戻って踏んづけようと片足を上げたところで、外谷さんは停止した。みんなが見ている。弱い者いじめに対する非難の眼？　いや、興味津々《きょうみしんしん》たる眼差《まなざ》しだ。この子がどうなる——ではなく、どうやってつぶすんだろう？　踏みつぶしか、尻つぶしか。

さすがに照れ臭くなったのか、外谷さんはまた歩き出そうとしたが、少年はその背にぴょんと跳び乗ってしまった。

衆人環視の中で吹っとばすわけにもいかず、外谷さんは素早く近くの階段から地下街へと入った。

「ふふふ、やったぜ。飯ご馳走《ちそう》しろ。でないと一生離れねえぞ」

閃《ひらめ》いた。

「おまえか、近頃有名な〝海小僧〟というのは⁉」

「当ったり〜」

人間の背に貼りつき、一生離れないといわれる妖怪を〝海じじい〟と呼ぶが、これは正にその少年版といえた。

外谷さんはやむを得ず歩き出した。

地下の通路には、〈京王線《けいおう》〉の改札まで、左右にレストランが並んでいる。

「あ。そこ。鰻《うなぎ》屋がいい」

「そっちのカレー屋のほうが美味《うま》いのだぞ」

「やだね。特上を二人前頼むんだ」

「餓鬼のくせに贅沢《ぜいたく》ねえ」

「うるさい。逆らうとこうだぞ」

急に少年は重みを増した。石でも背負ったような負荷《ふか》に前屈《まえかが》みになってしまう。

「あららら」

「ふっふっふ。一生腰曲がりになりたいか——特上の鰻だぞ」

「わかったのだ。しかし、おまえは愚《おろ》か者だ」

「なにィ？」

このとき、少年は気づいていたかもしれない。外谷さんが、ほとんど球体に近いことに。前のめりになった身体《からだ》は止まらなかった。ローラーに巻きついたベルトのように、彼は一緒に回転した。逃げようとしたが、外谷さんの手が腰を押さえていた。

「むぎゅ」

無惨《むざん》な叫びとともに、少年は回転する外谷さんと地面に挟《はさ》まれ、せんべいと化していた。

外谷さんは立ち上がり、虫の息の少年に近づき、

「何者だ？」

と訊《き》いた。

「………」

「正直にしゃべれば病院へ連れていってやる。鰻も食わせてやるぞ」

「六人の刺客のひとり…… 〝背粘着〟だ……う、鰻は……何処《どこ》だ？」

「食いしん坊め」

鰻屋へ行って、皿に盛ってある特上を五本買って戻ると、少年は意識不明に陥《おちい》っていた。

四方から非難の眼が集中するのを、

「ふん」

と気にもせず、外谷さんは背に少年を背負うと、串に刺した鰻を食いながら、地下を出た。少年の身体はバス停のベンチに腰かけさせた。誰かが警察を呼ぶだろう。

「あと三人か——どんな手で来るのだ？」

と顎《あご》に手を当て、

「ま、考えても仕様がない。ぶらついてれば出て来るだろう」

早速《さっそく》考えを放棄《ほうき》してタクシーを止めた。

「どちらまで？」

「いいというところまでだ。適当に走れ」

走り出すと、すぐにこっくりこっくりしはじめ

た。疲れが出ているのだ。

「ぷーぴーぷーぴー」

意外と寝息は可愛《かわい》い。

態度と見てくれとの落差に、運転手が苦笑していると、急にスピードが落ちた。

シフトダウンをしても無駄である。

理由はひとつ——後ろの客が重くなったのだ。

「ちょっと——お客さん？」

と声をかけても、ぷーぴーぷーぴーだ。

やむを得ず、電気ショックを加えた。タクシー強盗用の電撃攻撃だが、これは効いたらしく、ぴょんと跳《は》ね上がった。

「何事だ⁉」

と喚《わめ》いた。

「お客さん——〈海小僧〉に捕まってないかね？」

「つぶしてやったわなのだ」

「呪《のろ》いまではつぶせねーよ。まだくっついてまっせ」

「関西人か。でも、そう言えば何だか重いわねえ」

と外谷さんは身じろぎして見せた。車が揺れる揺れる。

「目方——いや、車の重量は増加の一途を辿《たど》っています。このままだと、じき、エンジンが焼き切れるなあ。すいません、降りてくださいよ」

「えーっ⁉」

「あ、止まった」

外谷さんと運ちゃんは、お互いを睨《にら》みつけた。

「降りてくださいよお」

外谷さんはあかんべえをした。

「そこを何とか、これじゃあ仕事になりません。ここは〈大京町〉です。何が出てくるかわかりまへん」

運転手は涙声である。

外谷さんは邪悪に笑って、

「ふっふっふ。いいけど運賃は払わないぞ」

「けっこうです。とにかく出てってくれ」

「よいしょ」

と降りかけたが、動かない。

「あ。やっぱり憑《つ》いてるわ」

憑いてなくても動けねーだろ、と運転手は思ったが、無論、口にはしなかった。

外谷さんは〈大京町〉の路上に取り残された。

「ま、仕方がない。ぶらぶら歩くか」

刺客待ちとは大した度胸だが、そのうちいい匂いが鼻を衝《つ》きはじめた。

「焼き肉をしているな」

自分の運命などすっかり忘れて、くんくんと鼻を鳴らす。

「お邪魔しようかなのだ」

と住宅地の路地へ入ったが、何処からの匂いかわからない。

「おかしいわねえ。あたしの鼻は確かなのだ。くんくん」

日も暮れて、どの家の窓にも明かりが点《とも》っている。家族らしい人影も、子供たちの笑い声も聞こえてくる。

しかし、

「ここだ」

と門をくぐると匂いはぴたりと熄《や》んでしまう。

「何よ、ケチねえ」

この不可思議を人のせいにする神経が凄《すご》い。一〇軒ほど廻《まわ》ったが、侵入はならず、ついに道路の方へ戻りはじめた。

「お腹《なか》空いた　お腹空いた」

と指で四拍子を描きながら、すぐに足を止めた。

道路があるはずのところには、家の塀《へい》が延々《えんえん》と続いていた。

外谷さんは左右を見廻し、

「しまった。〈うろうろ迷路〉に入ったか」

と呻《うめ》いた。

2

〈新宿〉の〈奇現象地点〉は、必ずしも一点に留《とど》まるものではない。転々と移動し、その場所も存在時間も異なる。

〈うろうろ迷路〉は次元交錯《こうさく》の結果と見られているが、実のところは不明のままである。

とにかく入り込んだら、ちょっとやそっとのことでは脱出できないことは、迷い込んだきりの数千人が証明する。

「どうしたもんかしらね」

外谷さんはうろうろと通りの家々を眺《なが》めていたが、

「訊いてみよっと」

眼の前の塀に囲まれた家へと入った。

「夕飯――」

ご馳走してくださいと言うつもりが、玄関のガラス戸が開くや、痩《や》せこけた男が現われていきなり手にした包丁をふり下ろした。

間一髪《かんいっぱつ》、外谷さんは両手の平を合わせて、刃《やいば》を頭上で受け止めた。真剣白刃取りである。

男が驚きの表情を作った。

「えい」

ねじった手で包丁を奪い取るや、外谷さんはそれを男の頭頂に叩《たた》きつけた。

血が噴《ふ》いた。

ひええと包丁を摑《つか》んで蹲《うずくま》る男へ、周囲を見廻しながら、

「何者だ?」

と訊いたとき、奥の部屋へ続く廊下の右側の壁が開いて、禿頭《はげあたま》の男が現われた。

「ここの主人だ。高山《たかやま》という。こいつに襲われたので、家族みんなで隠れていたのだ」

「何者だ?」

「〈うろうろ迷路〉に紛《まぎ》れこんで、一〇年以上食事

も摂《と》らずにうろついている殺人鬼らしい」

「ふーむ」

さすがに外谷さんの情報にもないらしい。

〈警察〉を呼ぼうという禿頭に、

「その前に晩御飯奢《おご》ってくださいなのだ」

男はきょとんとしたが、外谷さんを見つめて納得したらしく、まだ呻いている男を三和土《たたき》に放り出すと、

「どーぞ」

外谷さんを奥へと招いた。二人の後を、禿頭の女房と子供が二人ついて来た。どちらも小学校一、二年生だ。

女房がすぐに大型のグリルから豚の丸焼きを取り出し、

「あの男が来たので、火にかけたまま地下に隠れていたんだけれど、上手《うま》く焼けてるわ。お客さまには、ここね」

外谷さんは、眼の前の皿に盛られた豚の頭を見つめた。

「この家は〈うろうろ迷路〉のひとつだ。次元の狭間《はざま》を漂《ただよ》っている。したがって、おまえたちも異次元の生き物だ」

四人の家族は笑顔のまま、料理を口へ運んでいる。

「あたしを平気で招き入れ、あの男に襲わせて上手くごまかしたつもりか？　おまえたちのひとりは、刺客だな」

全員の手が止まった。

禿頭が外谷さんを見上げて、

「ご冗談を」

と言った。

「うるさい」

外谷さんはフォークを摑んで、豚の頭に突き刺した。

頭は悲鳴を上げて、牙を剝《む》き、外谷さんに吠《ほ》えかかった。

似た者同士の凄絶《せいぜつ》な戦いが繰り広げられる——はずが、決着はあっという間についた。

外谷さんも、がおおと歯を剝いたのである。

豚の顔は泣きべそをかいて、眼を閉じた。

禿頭と女房と子供の片方が両手で自分の首を押さえるや、そのままぽんと引き抜いた。残った小学生が、かかれ！　と外谷さんを指さし、自分は身を翻《ひるがえ》した。

首どもが牙を剝いて襲いかかってきた。

禿頭と女房の首が外谷さんの両の胸に嚙《か》みついた。

残る子供の首は、外谷さんの首すじにとびかかった。

「残念でした」

魔法装甲はなおも外谷さんを守っている。

「この卑怯者《ひきょうもの》め」

あっという間に三個ともぶちのめし、外谷さんは逃げ出した小学生を追った。


「あら？」

おかしなことに気がついた。廊下がどこまでも続いているのだ。

「〈迷路〉はまだ続いているようだな。だが、逃がさんぞ」

外谷さんは装甲の肩からマイク付きのイヤホンを抜き取って耳に差しこんだ。

「はぁい」

愛くるしい声は人形娘であった。

「〈迷路〉で迷っているのだ」

事情を話すと、

「わかりました。こちらで装甲の現在地点を調べて、すぐに〈迷路〉を排除します」

「うむ。よろしくなのだ」

「あ、それから——」

ここで、廊下の先に人影が見えた。

イヤホンを外して、外谷さんは野郎と叫んで追いはじめた。

「ちょっと——大事なことを伝えたかったのに」

ヌーレンブルク邸で、人形娘はダイヤル式電話を前に、少しベソをかいた。

「言おうと思ってたのに。魔法装甲の防御魔法は、明日の零時に切れてしまうのですが——あと一〇分」

人影は例の小学生であった。

「おまえ、ご主人？　名を名乗れ」

「ウイリアム・ウィルフレッドハイド三世だ」

「餓鬼のくせに偉そうな名前ねえ」

「ふっふっふ。おまえは僕が片づけて、おまえを丸ごと持って帰ってやる。バラすのはそれからだ」

無邪気な声であり、無邪気な笑顔であった。

「そうは烏賊《いか》のタマキンなのだ」

外谷さんはさらに笑った。

「先におまえをバラバラにしてやる」

ずい、と前へ出たところで、なんとか三世は背中に廻した手を前へ突き出した。

奇妙なものがぶら下がっていた。

少年の拳《こぶし》大の——干し首だ。性別は不明。いや、いや、いや、いや、それは外谷さんの顔を持っていた。

その口が開いた。小さな口なのに、がははと見えるのは、やはり外谷さんだ。

「何が出てくる？」

答えは逆であった。

干し首の外谷さんは息を出すのではなく、吸いこんだのである。

猛烈な風音をたてて、外谷さんは自分の干し首の小さな口に吸い寄せられた。

入るはずがない。

入った。爪先《つまさき》から足首まで、ガバと。

「えーっ!?　魔法装甲はどうしたのだ？」

深夜の〈高田馬場・魔法街〉の一角で、繻子《サテン》のドレスを着た少女人形が、あ、間違えたとつぶやいた。

「一〇分じゃなかった、三分だわ」

今や外谷さんは腰まで呑《の》みこまれていた。

「むむむ、貧相《ひんそう》な奴め」

「それはおまえ自身だ。丸呑みしたら、料理の現場に連れて行って、そこで吐き戻してやる」

「いま戻せ」

「ふふふ」

首まで来た。あとひと呑み――というところで、玄関の方で、ドアの破壊音が鳴り響き、一台のバイクが走り込んで来た。

それはたちまちシャーンに変わると、ブローニング・ベイビーで小学生の眉間《みけん》を射《う》ち抜いた。

途端に外谷さんは床の上に吐き出された。

「やた！」

と両手をのばしてVサインを作る。

「でも、あんた、無茶をするなあ」

と咎《とが》めるように言った。

「早いとこ――脱出だ。この家はすぐまた何処かへ行くぞ」

ライダーズ・シートにまたがりながら、

「よくここがわかったわねえ」

シャーンは無言で死の家を走り出た。

3

外谷さんはすぐにうとうとしはじめた。

「何処へ行くのだ？」

と訊いたが、返事はない。

代わりに、

「来たな」

とシャーンはつぶやいた。

「何がよ？」

「米軍だ」

「え？」

「おれとあんたを見張っていたに違いない。いよいよ最終戦争《ハルマゲドン》だと気がついたんだ」

「ハルマゲドンブリ？」

外谷さんは恍惚《こうこつ》となった。自分が原因でトラブルになったら、その規模が大きければ大きいほど嬉しがる女なのだ。

「ヘリが上にいる」

バイクのシャーンが鋭く指摘した。

「むくく、面白くなってきたわねえ」

外谷さんはワクワクと両手を揉《も》み合わせた。

「アダムがヘリでやって来たわ」

いきなりバイク＝シャーンが走り出した。

「ひええひええひええ」

と喚きつづける外谷さんを乗せて街灯も砕けた道を疾走《しっそう》する。

「危《やば》いな」

とシャーン。

「ここは〈迷路〉だ。閉鎖町内といってもいい。外に被害が及ばないとなると、奴ら本気で攻撃して来るぞ。小型核ぐらい使うかもしれん」

「大丈夫だよーん」

「どしてだ？」

「そんなことしたら、あたしが丸焼けになってしまうのだ。生かして丸焼きにするのが、あいつらの目的ではないのか？」

「過程をすっ飛ばすことにしたら？」

「え？」

「本来の目的はあんたの肉だ。煮て食うのか焼いて食うのかは不明だが。いざとなれば丸焼けにしたのをバラせばいい。脱出するぞ」

何本かひと気のない通りを抜けるうちに、シャーンは、

「〈迷路〉が効いてる。出られないな」

と言った。

「えー？　どうするのだ？」

「取り込まれたかな」

「――つまり、出られない？」

「そうなるな」

「するとこのまま、この町で生活し、死んでいくという終わり方をすることになるわけだな」

「ここを抜け出せないかぎりはな」

「よし」

外谷さんは少し考えてから、うなずいた。シャーンがあわてて、

「手があるのか？」

「ない」

「――――」

「通常、この〈迷路〉は最短一時間で終了する。だが、これは例外だ。抜け出せないとなると、こっちから出て行くしかないのだ」

「手はあるか？」

「いま外部情報が入って来た。アメリカ大使館とCIA日本支部からだ。ふむふむ」

外谷さんは頭上をふり仰《あお》いだ。


「〈迷路〉入りは予想外の事態だが、あのヘリには、〈迷路〉を除去する装置が積んであるそうだ」

「そんなことまでわかるのか？」

シャーンの声に驚きが揺れた。

「商売柄だ」

「すると――奴ら来るな」

「隠れたほうがよさそうだぞ」

「ふうむ」

バイクは停《と》まり、外谷さんは、よっこらしょと降りた。シャーンがかたわらに立つ。


きっかり一分後、天の何処からか舞い下りてきた重力降下服姿三人は、横丁の入口にでんと置かれたバイクを発見した。

「いないぞ」

「探索器にはバイク以外に反応がない」

「何処に――」

と言いかけて、アダムはバイクに眼を据《す》えた。

肩から吊《つ》った野戦空圧銃を下ろして狙いをつける。他の二人も従った。

アダムは無言で引金を引いた。

内蔵された高圧空気が直径二ミリの金属球を射ち出す音以外は、無音である。

弾丸は命中と同時に、バイク全体に拳大の穴を開けた。アダムの一連射でバイクは砕け散った。

ひとりが近寄り、テスターを向けた。

「ただのバイクだ」

と言った。

「――何処へ？」

と身体の位置を変えた二人を、横丁から出現したバイクが撥《は》ねとばした。念のため身につけていた耐衝撃ベストは、顔をつぶされたため役に立たず、二人は塀に激突して失神した。

「お気の毒」

横丁から出て来たシャーンがアダムに笑いかけた。

「貴様」

ふり向けた空圧銃が、あっさりと弾《はじ》き飛ばされた。シャーンがスパナで打ち落としたのである。

アダムがマーシャル・アーツの構えを取る。

「アメリカはまだ外谷さんの肉をご所望《しょもう》かい？」

「そうだ。ＣＩＡでもいろいろ調べたらしくて、国を栄えさせるには、彼女の肉しかないという話になっている」

「それはそれは。だが、このままでは、三人とも〈迷路〉を出られんぞ。何とかしろアメリカ」

「それは任せておけ。次元歪曲《わいきょく》は今年のアメリカ軍の筆頭研究科目だ。すでに脱出法は完成している。その代償はわかっているだろうな」

「外谷さん――どうする？」

「誰がアメリカなんかへ行くものか」

とバイクがしゃべったので、アダムは眉を寄せた。まさか外谷さんが化けているとは。

シャーンが電子キイを向けるや、バイクは外谷さんに戻った。

「窮屈《きゆうくつ》ねえ」

と肩や腰を叩きながら、

「ここで死んでもらうわ」

と宣言した。

アダムが右手を上げた。

シャーンがバイクに変わるや、神速で外谷さんをひっさらって疾走に移った。

後方に炎の塊《かたまり》が生じ、みるみる建物を呑みこんでいく。

訳のわからない街を一キロも走って、シャーンは人間《ひと》に戻った。

「アダムは炎の中か。自爆テロみたいなもんだな。しかし、この町はどうなる?」

「〈迷路〉の町だ。じきに元に戻るぞ」

外谷さんは大きく伸びをしてから、

「これでアメリカも片づいた。敵もあとひとり」

「そのとおりだ」

シャーンがうなずいた。今の声に何を感じたのか、外谷さんは彼を見つめた。

「まさか」

と言った。

「そうだ。おれが六人目だ」

シャーンはまたうなずいた。

「むむむ」

「疑問に答えよう。初めて会ったときから、おまえを捕獲する計画は成立していた。しかし、念のため身辺調査をした結果、おまえの周囲には厄介《やつかい》な連中が集まっていることが判明した。せんべい屋、白い医師——そこで、方針を変えたのさ」

「仲間面《づら》をしたわけだな」

「ああ。だが——おまえは実に楽しい女だったぜ。何となく捕まえる気がしなくなっちまったよ」

「ふふふ、そうだろう。あたしと五分も一緒にいた男は、みなあたしの虜《とりこ》になるのだ。あたしを拉致《らち》しようなどという夢物語はやめて、あたしの用心棒

になれ」

「そうもいかないのでね」

シャーンは何処か哀《かな》しそうに言った。

「悪いがバラバラにして運ぶ。また元に戻すから安心しろ」

「安心なんかできるものか」

外谷さんは歯を剝いた。

「残念だが仕方がない。バラバラになるのはおまえのほうだ」

バイク姿のシャーンのタイヤから鋭い刃がせり出してきた。長さはタイヤ径を超えている。

燃料タンクの横から長い刃が伸長した。

「むう」

バイクが走った。何処へ逃げても刃は追ってくる。

「済まない」

とバイクが詫《わ》びた。

「何の」

外谷さんが、でかい胸を叩いた。乳がダイナミックに揺れる。背後は石壁だ。逃げる余地も時間もなかった。

だが――あと一メートルを切った刹那《せつな》、バイクは縦横十文字に裂けたのである。

地上に転がったのは、バイクの残骸《ざんがい》だけではなかった。

「あーあ」

外谷さんは天を仰いで、

「助かったのだ」

と天に向かって言った。

見えないチタン鋼の糸が、いつから外谷さんに巻きついて護衛役を担《にな》っていたのかは、わからない。だが、手を叩いて喜ぶ姿からして、知っていたことは間違いなかった。

「面倒だから、行っちゃお」

さっさと背を向けて通りを歩き出した。

やがて、路地の何処かで、

「あ、消えたわ」

〈迷路〉のことだろう。〈新宿〉一の情報屋に間違いはないはずであった。

あとがき

〈魔界都市〉シリーズ初のヒロインが「どーん」と登場する。え？　と思う方も多いだろう。既《すで》にヒロインは数多くが、〈魔界都市〉の街路をうろついているではないか、と。中でも際立《きわだ》つのは、女王ミスティであろうが、今回のヒロインは彼女よりずっと歴史が古く、〈新宿〉創生時から活躍しており、その存在感たるや、秋《あき》せつらもドクター・メフィストも及ばぬところがある稀代《きたい》の魔人である。

そう。〈新宿〉一の情報屋こと外谷《とや》さん――外谷良子《よしこ》さんである。

実は外谷さん――他社で出版した『外谷さん無礼帳』でもヒロインを務めており、本作は二度目の主演となる。しかし、あっちは高校生、こっちは脂肪もしたたるような熟女であり、高校生の外谷さんが若さぴちぴちのレア・ステーキならば、こちらは煮こみに煮こんだ、今にも肉と骨が分離しそうなシチューこそがイメージなのである。

もちろん、小説の外谷さんと現実《リアル》の外谷さんは別ものであって、現実で小説の外谷さんが暴れたら途方もないことになる。世界の終わりである。わずらわしいので、現実の外谷さんを〝T〟さんとしよう。

これは（現実の）学生時代の話だが、はじめてクラブ（青山《あおやま》学院大学推理小説研究会）

に顔を出したTさんを見て、私は正直に、

「美味《うま》そうだ」

と思った。

「しかし、固太りだ。脂身《あぶらみ》は少ないだろう」

私はぶよんぶよんタイプが好きなので、少し残念であった。

その代わり迫力は満点、見た目もやることなすこと凄《すさ》まじいのひとことに尽《つ》きた。

しかし、所詮《しょせん》は現実の生物である。野放図《のほうず》さにも限度がある。気に入らない同級生や講師に毒を盛ったり、屋上から突き落とすわけにはいかないのである（と思う）。

彼女に借金をしたらしい先輩が、

「あれは頼《い》られるわ」

としみじみ口にしたのを今も覚えている。頼りになるということは、金がある力があるということではない。この人といれば鬼が出て来ても安心と、心底《しんそこ》思える――これである。私もTさんと一緒に歩いているとき、三歩下がって、両手をポケットに突っこんだまま肩を揺すり、通行人を睨《にら》みつけ、

「文句あるか、コノヤロー」

と幹部の威《い》を借りるチンピラの真似《まね》をしてみた。実に楽しかったのを覚えている。文句をつけに来たり、喧嘩《けんか》を売って来たりする奴《やつ》は、ひとりもいなかった。でんでこでんと四

囲を圧するTさんの風格のお蔭《かげ》である。

なんて凄《すご》い女性《ひと》だと思ったのは、軽井沢《かるいざわ》での夏期合宿。帰る日にひとりが具合を悪くしてしまい、先にTさんを含む本隊を駅へと向かわせ、私と何人かの先輩が病院へ付き添ってから駅へと急行した。

タクシーをとばしたが、列車にぎりぎりで、これは一本遅れるかと覚悟を決めたら、駅頭で部員が手をふっている。タクシーを下りて駆け寄り、

「どうした⁉」

と訊《き》いたら、返事が凄かった。

「Tが電車止めてる」

全員口をあんぐり開けた――と思う。

確かに電車はそこにいた。

後で話をきくと、Tさんが車掌さんか駅長さんに、すぐ来るから待って下さいと交渉し、OKを貰《もら》ったらしい。

しかし――どう考えても信じられん。

電車のダイヤを狂わせて――数分のことだから、すぐ調整は出来たと思うが――まで、一介《いっかい》の学生たちを待っていてくれるとは。

余程《よほど》、Tさんの迫力が凄かったのだろう。誰にも言わなかったが、私は、

た。


「なんて頼りになる女性だろう」

と尊敬の念を強くした。それは今でも変わっていない。

もう一回、こちらは別の意味で呆然《ぼうぜん》とした記憶を紹介することにしよう。

大学を卒業してから何年か経《た》ち、クラブのOB会をやろうと、十数名が渋谷《しぶや》に集合した。

当時の「センター街」にあった「ブリック」という名のバーであった。

ところがTさん夫婦（クラブの先輩M氏と結婚していた）が遅れた。二人して噂《うわさ》の映画を観《み》てくるという話であった。みなでグラスを重ねているうちに、二人が加わった。

私は、

「あれ？」

と思った。Tさんの顔が赤い。息が弾《はず》んでいる。コーフンしているのだ。普通なら一杯きこしめして来たのかと思うところだが、私は、

「ヤバい」

と踏んだ。

Tさん愛好家の勘《かん》である。

案《あん》の定《じょう》、Tさんは席につくや、

「今、凄い映画観てきちゃったんだぞう」

と両手を頭上へふり上げた。

一発でわかった。

あの当時の凄い映画といえば、あれだ、『悪魔のいけにえ』しかない。旅行中の学生たちの一団がテキサスの片田舎《かたいなか》で、一軒家に住む殺人鬼一家に襲われる話は、映画ファンでなくともご存じであろう。言うまでもないが、電動ノコギリ映画の嚆矢《こうし》である。高名な映画評論家は、「邪劇」と呼んでいた。

それを観て来たらしい。

「凄いんだぞ、電動ノコで、バラバラにしちゃうんだぞお」

ふりかぶった両手は、電ノコを握っているつもりなのだろう。Tさんは、

「ガアー」

と叫びながら、近くにいた後輩の頭上へそれをふり下ろした。これを二度やったもんだから、後輩はのけぞり、メンバーは総立ちになった。次は自分の番だと怖《おそ》れたわけではないだろうが、そうなってもおかしくない迫力がTさんにはあった。

私は内心笑い転げながら、

「さすがはTさん」

と冷たく凝視《ぎょうし》していたものである。外へ出て通行人にやらかすと危《やば》いと思っていたが、
幸い犠牲者はこの後輩ひとりで済み、

「Tさんがやると迫力あるなあ」

と青ざめていた。

かくの如《ごと》き武勇伝には事欠かないTさんであるが、このたびその姿を描き尽くす機会を得たことを喜びたい。

これはあくまでも私の脳内で構成されたキャラクターと物語であり、現実のTさんとは同姓というだけの、似ても似つかない（かなあ？）創作の結果であることをお断わりしておく。

二〇二四年九月一日

『外谷さん無礼帳』（'89年）

を読みながら。

菊地秀行

本書は書下ろしです。

カニバル狂団 女帝

ノン・ノベル百字書評

キリトリ線

なぜ本書をお買いになりましたか（新聞、雑誌名を記入するか、あるいは○をつけてください）

- □（　　　　　　　　　　　　）の広告を見て
- □（　　　　　　　　　　　　）の書評を見て
- □ 知人のすすめで
- □ タイトルに惹かれて
- □ カバーがよかったから
- □ 内容が面白そうだから
- □ 好きな作家だから
- □ 好きな分野の本だから

いつもどんな本を好んで読まれますか（あてはまるものに○をつけてください）

●**小説**　推理　伝奇　アクション　官能　冒険　ユーモア　時代・歴史　恋愛　ホラー　その他（具体的に　　　　　　　）

●**小説以外**　エッセイ　手記　実用書　評伝　ビジネス書　歴史読物　ルポ　その他（具体的に　　　　　　　）

その他この本についてご意見がありましたらお書きください

最近、印象に残った本をお書きください		ノン・ノベルで読みたい作家をお書きください	

1カ月に何冊本を読みますか	冊	1カ月に本代をいくら使いますか	円	よく読む雑誌は何ですか	

住所					
氏名		職業		年齢	

あなたにお願い

この本をお読みになって、どんな感想をお持ちでしょうか。

この「百字書評」とアンケートを私までいただけたらありがたく存じます。個人名を識別できない形で処理したうえで、今後の企画の参考にさせていただくほか、作者に提供することがあります。

あなたの「百字書評」は新聞・雑誌などを通じて紹介させていただくことがあります。その場合はお礼として、特製図書カードを差しあげます。

前ページの原稿用紙（コピーしたものでも構いません）に書評をお書きのうえ、このページを切り取り、左記へお送りください。祥伝社ホームページからも書き込めます。

〒一〇一-八七〇一
東京都千代田区神田神保町三-三
祥伝社
NON NOVEL編集長　金野裕子
☎〇三（三二六五）二〇八〇
www.shodensha.co.jp/bookreview

NON NOVEL

「ノン・ノベル」創刊にあたって

「ノン・ブック」が生まれてから二年一カ月、ここに姉妹シリーズ「ノン・ノベル」を世に問います。

「ノン・ブック」は既成の価値に〝否定《ノン》〟を発し、人間の明日をささえる新しい喜びを模索するノンフィクションのシリーズです。

「ノン・ノベル」もまた、小説《フィクション》を通して、新しい価値を探っていきたい。小説の〝おもしろさ〟とは、世の動きにつれてつねに変化し、新しく発見されてゆくものだと思います。

わが「ノン・ノベル」は、この新しい〝おもしろさ〟発見の営みに全力を傾けます。ぜひ、あなたのご感想、ご批判をお寄せください。

昭和四十八年一月十五日

NON・NOVEL編集部

NON・NOVEL —1061

長編超《スーパー》伝奇小説

魔界都市《まかいとし》ブルース　カニバル狂団《きょうだん》女帝《じょてい》

令和6年10月20日　初版第1刷発行

著　者　菊《きく》地《ち》秀《ひで》行《ゆき》

発行者　辻　浩明

発行所　祥《しょう》伝《でん》社《しゃ》

〒101-8701

東京都千代田区神田神保町 3-3

☎ 03(3265)2081(販売)

☎ 03(3265)2080(編集)

☎ 03(3265)3622(製作)

印　刷　萩原印刷

製　本　ナショナル製本

ISBN978-4-396-21061-8　C0293

Printed in Japan

祥伝社のホームページ・www.shodensha.co.jp